Cartas de um *diabo* a seu aprendiz

Tradução:

Gabriele Greggersen

Cartas de um *diabo* a seu aprendiz

C. S. LEWIS

Edição *especial*

THOMAS NELSON
BRASIL®

Título original: *The Screwtape Letters*

As citações bíblicas são da *Nova Versão Internacional* (NVI), da Bíblica, Inc., a menos que seja especificada outra versão da Bíblia Sagrada.

Publisher	*Omar de Souza*
Gerente editorial	*Samuel Coto*
Editor	*André Lodos Tangerino*
Assistente editorial	*Bruna Gomes*
Copidesque	*Jorge Camargo*
Revisão	*Davi Freitas* e *e Jean Carlos Xavier*
Projeto gráfico e diagramação	*Sonia Peticov*
Capa	*Rafael Brum*

CIP—BRASIL. CATALOGAÇÃO NA FONTE
SINDICATO NACIONAL DOS EDITORES DE LIVROS, RJ

L652p
Lewis, C. S.
Cartas de um diabo a seu aprendiz / C. S. Lewis; traduzido por Gabriele Greggersen. 1ª ed. — Rio de Janeiro: Thomas Nelson Brasil, 2017.
208 p. : il. ; 21 cm
Tradução de: *The Screwtape Letters*
ISBN 978-85-7860-1843

1. Cristianismo 2. Filosofia e religião I. Greggersen, Gabriele II. Título.

17-44796 CDD: 248
CDU: 27

Thomas Nelson Brasil é uma marca licenciada à Vida Melhor Editora, LTDA.

Rua da Quitanda, 86, sala 601A — Centro
Rio de Janeiro — RJ — CEP 20091-005
Tel.: (21) 3175-1030
www.thomasnelson.com.br

Cartas de um *diabo* a seu aprendiz

Clive Staples Lewis (1898-1963) foi um dos gigantes intelectuais do século XX e provavelmente o escritor mais influente de seu tempo. Era professor e tutor de Literatura Inglesa na Universidade de Oxford até 1954, quando foi unanimemente eleito para a cadeira de Inglês Medieval e Renascentista na Universidade de Cambridge, posição que manteve até a aposentadoria. Lewis escreveu mais de 30 livros que lhe permitiram alcançar um vasto público, e suas obras continuam a atrair milhares de novos leitores a cada ano.

Para J. R. R. Tolkien

SUMÁRIO

| LIVRO 1 |

A melhor forma de expulsar o diabo,
se ele não se render aos textos das Escrituras,
é zombar dele e ridicularizá-lo,
pois ele não suporta o desdém.

MARTINHO LUTERO

O diabo... esse espírito orgulhoso ...
não suporta ser alvo de chacota.

THOMAS MORE

LIVRO I

PREFÁCIO

Não tenho a mínima intenção de explicar como a correspondência que trago a público caiu em minhas mãos.

Nossa raça pode cair em dois erros igualmente graves, mas diametralmente opostos, quanto aos demônios. O primeiro é não acreditar na existência deles. O outro é acreditar que eles existem e sentir um interesse excessivo e doentio por eles. Os demônios ficam igualmente satisfeitos com ambos os erros e saúdam um materialista ou um bruxo com o mesmo prazer. O gênero de escrita usado neste livro pode ser entendido com muita facilidade por qualquer um que já aprendeu essa artimanha; mas pessoas mal-intencionadas ou voláteis, que poderiam fazer mau uso dele, não poderão falar que aprenderam comigo.

Os leitores são aconselhados a lembrar que o diabo é um mentiroso. Nem tudo o que Maldanado diz deve ser tomado como verdadeiro, nem mesmo a partir do seu próprio ponto de vista. Não realizei nenhuma tentativa de identificar quaisquer seres humanos mencionados nas cartas; mas acho muito improvável que as figuras, como as do Rev. Cravo ou da mãe do paciente, sejam completamente plausíveis. Há desejos reprimidos tanto no Inferno, quanto na Terra.

Em suma, devo acrescentar que não foi feito nenhum esforço para verificar a cronologia das cartas. Parece que a de número XVII foi composta antes do início do racionamento mais intenso; mas, em geral, o método diabólico de datação parece não ter relação com o tempo terrestre e nem era minha ideia reproduzi-lo. A história da Guerra na Europa, embora apareça aqui e ali no sentido de afetar a condição espiritual de um ser humano, obviamente não é do interesse de Maldanado.

C.S. Lewis
Magdalen College,
5 de julho de 1941

Carta I

Meu querido Vermelindo,

Eu noto que você diz que está direcionando a leitura do seu paciente e se encarregando de fazer com que ele tenha encontros regulares com o tal amigo materialista. Mas será que você não está sendo um pouco *ingênuo*? Até parece que está achando que a *argumentação* seja o melhor modo de mantê-lo fora das garras do Inimigo. Até poderia ter sido esse o caso, há alguns séculos. Naquela época, as pessoas ainda sabiam muito bem quando algo tinha sido provado logicamente e quando não; e quando tinha sido provado, elas criam nisso de verdade. Elas ainda faziam associação entre o pensamento e a ação e estavam dispostas a mudar o seu estilo de vida em decorrência de ideias racionalmente encadeadas. Mas, graças à imprensa diária e outras armas desse tipo, conseguimos alterar amplamente essa situação. Seu homem está acostumado, desde pequeno, a manter uma dúzia de filosofias incompatíveis dançando em sua cabeça ao mesmo tempo. Ele não classifica as doutrinas essencialmente em "verdadeiras" ou "falsas", mas como "acadêmicas" ou "práticas"; "ultrapassadas" ou "contemporâneas"; "convencionais" ou "opressoras". É o jargão, e não o argumento, o seu maior aliado para mantê-lo longe da Igreja. Não perca tempo tentando fazê-lo achar que o materialismo é *verdadeiro*! Faça-o considerá-lo poderoso, ou despojado, ou corajoso — eis a filosofia do futuro. É com esse tipo de coisa que ele se preocupa.

O problema da argumentação é que ela transporta toda a batalha para o território do Inimigo. Ele também pode argumentar; por outro lado, graças à propaganda realmente prática — do tipo que estou sugerindo —, temos demonstrado, por séculos a fio, como o Inimigo é inferior ao Nosso Pai nas Profundezas. Pelo próprio ato de argumentar, desperta-se a razão do nosso paciente; uma vez desperta, quem poderá prever o resultado? Mesmo se uma específica cadeia de pensamentos pudesse ser distorcida a nosso favor, você descobrirá que acabou reforçando em seu paciente o hábito fatal de tocar em questões universais e ignorar o fluxo das percepções sensoriais imediatas. Sua tarefa é a de fixar a atenção dele nesse fluxo. Ensine-o a chamá-lo de "vida real" e não o deixe perguntar-se o que ele quer dizer com "real".

Lembre-se de que ele não é, como você, um espírito puro. Nunca tendo sido humano (ah, que vantagem abominável a do Inimigo!) você não se dá conta do quanto eles são escravos das pressões do cotidiano. Já tive um paciente, um ateu convicto, que costumava ler no Museu Britânico. Certo dia, enquanto lia, vi uma cadeia de pensamento na sua mente começando a tomar o caminho errado. É claro que o Inimigo estava ao lado dele nessa hora. Num piscar de olhos, vi meu trabalho de vinte anos começar a ruir. Se eu tivesse perdido a cabeça e começado a tentar me defender com base na argumentação, talvez tivesse sido derrotado. Mas não fui tão tolo assim. Imediatamente, ataquei a parte do homem que tinha mais sob controle e lhe sugeri que já estava quase na hora do almoço. Posso supor que o Inimigo tenha feito uma contraproposta (você sabia que não é possível entreouvir *exatamente* o que o Inimigo diz a eles?) de que o assunto era mais importante que o almoço. Pelo menos, penso que essa tenha sido sua linha de argumentação, pois quando eu disse: "Verdade. Realmente, trata-se de um problema importante *demais* para a hora do almoço", o rosto do paciente se iluminou consideravelmente, e, no momento em que eu acrescentei: "Seria muito melhor voltar a esse assunto depois do almoço e abordá-lo com uma mente renovada", ele já estava a meio caminho da porta. Quando alcançou a rua, a batalha havia sido vencida. Eu lhe mostrei um jornaleiro gritando as manchetes do dia, e que o ônibus de número 73 vinha passando, e antes de ele ter subido os primeiros degraus da escada para pegá-lo, eu lhe impingi uma convicção inabalável de que, por mais estranhas que sejam as ideias que possam vir à mente de alguém rodeado de livros, uma dose saudável de "vida real" (com o que ele se referia ao ônibus e ao jornaleiro) foi o suficiente para lhe mostrar que todo "esse tipo de coisa" simplesmente não podia ser verdade. Ele sabia que tinha escapado por pouco e em anos posteriores gostava de falar sobre "aquela percepção inexprimível da realidade que é a nossa última salvaguarda contra as aberrações da mera lógica". Hoje, ele está seguro na casa do Nosso Pai.

Entende aonde quero chegar? Graças aos processos que colocamos em ação dentro deles há séculos, eles acham de todo impossível acreditar no desconhecido quando o que é familiar está bem diante dos seus olhos. Persista incutindo nele a *banalidade* das coisas. Acima de tudo, não tente usar a ciência (quero dizer, as ciências verdadeiras) como defesa contra o cristianismo. Elas vão positivamente encorajá-lo a pensar sobre as realidades que ele não pode tocar nem ver. Tem havido perdas tristes entre os físicos modernos. Se ele insistir em meter-se com a ciência, mantenha-o no campo da economia e da sociologia; não o deixe se desviar da inestimável "vida real". Mas o ideal mesmo seria não deixá-lo ler qualquer obra científica; antes, procure dar-lhe uma sensação geral de que ele sabe tudo e que aquilo que consegue fisgar de conversas e leituras casuais é "resultado de pesquisas mais recentes". Lembre-se de que você existe para confundi-lo. Da forma como vocês jovens demônios falam, qualquer um pode até achar que a nossa tarefa é *ensinar*!

Com carinho,
Seu tio, Maldanado

Carta II

Meu querido Vermelindo,

Fiquei bastante contrariado com a notícia de que o seu paciente se tornou cristão. Não alimente vãs esperanças de poder escapar das penalidades habituais; de fato, tenho certeza de que, em seus melhores momentos, nem você mesmo deseja isso. Nesse meio tempo, precisamos tirar a maior vantagem possível dessa situação. Não há motivo para desespero; centenas desses novos convertidos adultos foram recuperados depois de uma breve estada no campo do Inimigo e agora estão conosco. Todos os *hábitos* do paciente, tanto mentais quanto físicos, continuam militando a nosso favor.

Um dos nossos grandes aliados no presente é a própria Igreja. Não me entenda mal. Não estou falando da Igreja que vemos expandir-se ao longo dos tempos e do espaço, arraigada na eternidade, terrível como um exército levantando suas bandeiras. Esse, posso confessar, é um espetáculo que tira nossos tentadores mais audaciosos do sério. Mas, felizmente, isso é quase invisível para os humanos. Tudo o que o seu paciente vê é o simulacro de um prédio gótico construído pela metade. Quando ele entra nela, vê o dono da mercearia local vindo em sua direção para cumprimentá-lo com aquela bajulação, apressado para lhe empurrar um livrinho intacto, contendo um tipo de liturgia que ninguém entende, e um livrinho surrado, que contém textos alterados de várias canções religiosas, a maioria de mau gosto, e em letras miúdas. Quando ele se assenta no banco de igreja e olha em redor, vê precisamente aquela turma de vizinhos que havia evitado até então. Você deve investir pesado nesses vizinhos. Faça com que a sua mente pendule entre uma expressão como "o corpo de Cristo" e as faces reais do banco vizinho. É claro que pouco interessa que tipo de pessoa esteja de fato sentado no banco ao lado. Talvez você até saiba que um deles é um grande guerreiro do exército Inimigo. Não importa. Graças ao Nosso Senhor das Profundezas, o seu paciente é um baita tolo. Se algum desses vizinhos desafinar na hora de cantar, ou fizer barulho com as solas dos sapatos, ou tiver queixo duplo, ou vestir roupas bizarras, o paciente vai acreditar facilmente que a sua religião só pode ser, por isso mesmo e de alguma forma, ridícula. No seu estágio atual, ele tem uma ideia de "cristãos" em sua mente que supõe ser espiritual, mas que, na verdade, é, em grande escala, pictórica. A sua mente está cheia de togas e sandálias e armaduras e pernas de fora e o mero fato de que as outras pessoas na igreja vistam roupas modernas representa um empecilho real — ainda que inconsciente — para ele. Nunca deixe que isso venha à tona; nunca deixe que ele pergunte como, afinal, esperava que elas se vestissem. Mantenha tudo nebuloso na mente dele agora e você terá com que se divertir por toda a eternidade, ao proporcionar-lhe a clareza peculiar trazida pelos Infernos.

Então, trabalhe duro na decepção ou no anticlímax que certamente sobrevirá ao paciente nas suas primeiras semanas na igreja. O Inimigo permite que tal decepção ocorra no limiar de todo empreendimento humano. Ela acontece quando o garotinho que ficou encantado na escola maternal com as histórias da *Odisseia* passa a estudar o grego com seriedade. Ela ocorre quando os amantes se casam e dão início à tarefa real de aprender a viver juntos. Em todas as instâncias da vida, ela marca a transição da aspiração sonhadora para o fazer laborioso. O Inimigo assume esse risco porque ele tem uma fantasia curiosa de tornar todos esses repugnantes vermezinhos humanos naquilo que ele chama de seus amantes e servos "livres" — "filhos" é a palavra que usa com seu amor inveterado de degradar todo o mundo espiritual por ligações anormais com os animaizinhos bípedes. Justamente por desejar a sua liberdade, ele se recusa a conduzi-los, pelas suas meras afeições e hábitos, a quaisquer dos objetivos que colocou diante deles: ele os deixa "fazer as coisas por si mesmos". E é aí que a nossa oportunidade aparece.

Mas lembre-se de que aí também mora o perigo. Uma vez que eles tenham passado com sucesso por esse deserto inicial, tornam-se muito menos dependentes da emoção e, assim, muito mais difíceis de tentar.

Estive escrevendo até aqui partindo do pressuposto de que as pessoas do banco ao lado na igreja não forneçam nenhuma fundamentação *racional* para a decepção. É claro que, se elas fornecerem essa base — se o paciente ficar sabendo que a mulher com o chapéu bizarro é viciada em jogar *bridge*, ou que o homem com os sapatos ranhentos é um avarento e chantagista —, então sua tarefa se tornará bem mais fácil. Tudo o que você terá que fazer é manter fora da cabeça dele a questão: "Se eu, sendo o que sou, posso me considerar, em certo sentido, um cristão, por que os diferentes vícios daquelas pessoas sentadas no banco ao lado provariam que a sua religião não passa de hipocrisia e de convenção?" Você poderá se perguntar se é possível evitar a ocorrência de um pensamento tão óbvio até mesmo a uma mente humana. É possível, sim, Vermelindo, é possível! Trate seu paciente da forma adequada e isso simplesmente não passará pela mente dele. Ele ainda não conviveu o bastante com o Inimigo para ter qualquer humildade real. O que ele diz sobre a sua própria pecaminosidade, mesmo de joelhos, é tudo conversa fiada. No fundo, ele ainda acredita que, por ser um convertido, tem um crédito bastante favorável no balanço da contabilidade do Inimigo e pensa que está mostrando grande humildade e condescendência em sequer ir para a igreja com esses vizinhos vulgares e presunçosos. Mantenha-o nesse estado de espírito o máximo de tempo possível.

Com carinho,
Seu tio, Maldanado

Carta III

Meu querido Vermelindo,

Fiquei muito satisfeito com o que você me contou sobre o relacionamento desse homem com a mãe. Mas você deve tirar vantagem disso. O Inimigo irá trabalhar de dentro para fora, gradualmente corrigindo a conduta do paciente cada vez mais pelo novo padrão, e pode ser que ele mude o seu comportamento em relação à senhora idosa a qualquer momento. Seria bom que você entrasse em cena antes. Mantenha-se em contato íntimo com nosso colega Maldadiposo, que está encarregado da mãe, e construam um hábito consistente de irritação mútua, de pequenas azucrinações diárias. Os seguintes métodos são de grande ajuda:

1. Mantenha a mente dele focada na vida interior. Ele pensa que a sua conversão é algo que ocorreu *dentro dele* e que sua atenção, por isso mesmo, está voltada

para os estados atuais do seu próprio espírito — ou, antes, para a versão muito expurgada deles, que é tudo o que você deve permitir que ele veja. Encoraje isso. Mantenha a mente dele longe dos deveres mais elementares, direcionando-a para os mais avançados e espirituais. Agrave essa característica mais humana, mais útil de todas, o horror e a negligência ao óbvio. Você deve levá-lo a uma condição em que ele possa praticar o autoexame por uma hora sem descobrir nenhum desses fatos sobre si mesmo, que são perfeitamente claros para qualquer um que já viveu na mesma casa que ele ou trabalhou no mesmo escritório.

2. Sem dúvida, é impossível evitar que ele ore pela mãe, mas temos meios de tornar essas orações inócuas. Certifique-se de que elas sejam sempre muito "espirituais", que ele sempre se preocupe com o estado da alma da mãe, e nunca com o reumatismo dela. Há duas vantagens nisso. Em primeiro lugar, sua atenção ficará concentrada no que ele considera serem os pecados dela, pelo que, com um pouco de orientação da sua parte, ele poderá ser induzido a considerar pecado as ações da mãe que julga inconvenientes ou irritantes. Assim, você pode continuar a esfregar as feridas do dia de forma um pouco mais forte, mesmo enquanto ele estiver de joelhos; a operação é muito fácil e você vai achá-la bastante divertida. Em segundo lugar, já que as ideias dele sobre a alma da mãe serão muito

rudimentares e muitas vezes errôneas, ele estará, até certo ponto, orando por uma pessoa imaginária, e a sua tarefa será tornar essa pessoa imaginária todos os dias cada vez menos parecida com a mãe real — a senhora idosa de língua afiada à mesa do café da manhã. Com o passar do tempo, a divisão que você causou entre eles será tamanha que nenhum pensamento ou sentimento de suas orações pela mãe imaginária alcançará ou servirá de ajuda à mãe verdadeira. Eu já tive tamanho controle sobre alguns de meus pacientes que era possível fazê-los levantar da oração pela alma da esposa ou do filho para ir bater na esposa ou no filho reais ou mesmo insultá-los sem o menor escrúpulo.

3. Quando dois seres humanos vivem juntos por muitos anos, é comum que cada um adquira tons de voz e expressões faciais que são quase insuportavelmente irritantes para o outro. Explore bem isso. Faça-o ficar prestando atenção nas sobrancelhas erguidas da mãe, que ele aprendeu a detestar na infância, e faça com que ele fique refletindo sobre o quanto isso o aborrece. Faça-o partir do pressuposto de que ela sabe o quanto isso é irritante e que o faz para irritá-lo — se você souber fazer o seu serviço direitinho, ele não notará a imensa improbabilidade de sua suposição. E, é claro, nunca o deixe suspeitar de que ele mesmo tenha tons, caras e bocas que também são capazes de irritá-la.

Como ele não pode ver ou ouvir a si mesmo, isso é fácil de conseguir.

4. Na vida civilizada, o ódio doméstico usualmente se expressa dizendo coisas que pareceriam bem inofensivas no papel (as *palavras* em si não são ofensivas), mas que, ditas naquele tom de voz, ou naquele momento, não estarão longe de parecer um tapa na cara. Para manter esse jogo em andamento, você e Maldadiposo devem cuidar para que cada um desses tolos tenham dois pesos e duas medidas. Seu paciente deve demandar que todos os seus pronunciamentos sejam tomados literalmente e julgados simplesmente com base nas palavras reais; ao mesmo tempo, ele deve julgar todos os pronunciamentos da mãe com a interpretação mais completa e supersensível do tom, do contexto e da intenção suspeita. Ela deve ser encorajada a fazer o mesmo com ele. Assim, eles podem sair de toda briga convencidos, ou bem perto de estarem convencidos, de que eles são os inocentes da história. Você conhece bem esse tipo de coisa: "Basta perguntar quando o jantar ficará pronto, que ela logo tem um chilique". Uma vez que esse hábito estiver bem consolidado, você terá a prazerosa situação em que um ser humano diz coisas com o propósito expresso de ofender e, ainda assim, queixa-se quando é ele o ofendido.

Enfim, conte-me algo sobre o posicionamento religioso da velha senhora. Será que ela está com alguma espécie de ciúme do novo fator na vida do filho? — no caso, sentindo-se ofendida pelo fato de ele aprender com outros, e tão tarde, aquilo que ela acha que deu a ele oportunidades de aprender na infância? Será que ela sente que ele está fazendo muito fuzuê em torno disso — ou que ele está aceitando tudo tranquilo demais? Você se lembra do irmão mais velho na história do Inimigo, não é mesmo?

Com carinho,
Seu tio, Maldanado

Carta IV

Meu querido Vermelindo,

As sugestões amadorísticas da sua última carta me alertaram para o fato de que está mais do que na hora de eu escrever para instruí-lo sobre o doloroso tema da oração. Você poderia ter me poupado do comentário de que minhas advertências sobre as orações do humano pela mãe dele "se provaram singularmente infelizes". Um sobrinho nunca deveria escrever esse tipo de coisa ao tio — nem um tentador iniciante ao subsecretário de um departamento. Esse fato também revela um desejo desagradável de passar adiante a responsabilidade. Você deve aprender a pagar pelos seus próprios erros.

A melhor coisa, sempre que possível, é manter o paciente longe de qualquer tentativa séria no sentido de qualquer tipo de oração. Se o paciente for um adulto recentemente convertido ao partido do Inimigo, como é o caso do seu homem, a melhor maneira de fazer isso é incentivando-o a se lembrar, ou achar que está se lembrando, da natureza repetitiva de suas orações na infância. Para contrariar isso, ele poderá ser persuadido a vislumbrar algo inteiramente espontâneo, íntimo, informal e não regulamentado. E isso na verdade significará, para o iniciante, um esforço de produzir em si mesmo um *estado de espírito* vagamente devocional, no qual a concentração real da vontade e da inteligência não desempenhem papel algum. Um de seus poetas, Coleridge, registrou certa vez que não orava "mexendo os lábios e pondo-se de joelhos", mas simplesmente "preparava o seu espírito para amar" e se entregava a "uma atitude de súplica". Esse é exatamente o tipo de oração que desejamos; e como carrega uma semelhança superficial com a oração silenciosa conforme praticada por aqueles que estão em nível bem avançado no serviço prestado ao Inimigo, os pacientes espertos e preguiçosos poderão ser apanhados nessa armadilha durante um período bem longo de tempo. No mínimo, poderão ser persuadidos de que a posição do corpo não faz qualquer diferença na sua oração, pois se esquecem constantemente, coisa de que você deve se lembrar sempre, de que são animais, e de que qualquer coisa em relação ao seu corpo afetará suas almas. É engraçado ver como os mortais sempre nos acusam de enfiar ideias em suas cabeças: na verdade, nosso trabalho mais importante é manter coisas fora delas.

Se isso falhar, você terá que apelar para uma distorção mais sutil da intenção deles. Sempre que estiverem a serviço do Inimigo, teremos sido derrotados, mas há formas de impedi-los de fazer isso. A mais simples é desviar a atenção deles para si mesmos. Mantenha-os ocupados com os próprios pensamentos e tentando produzir *sentimentos* pela ação de suas próprias vontades. Quando tiverem a intenção de pedir-lhe um ato de caridade, faça com que, em vez disso, comecem a tentar produzir neles mesmos sentimentos caridosos, mas sem que eles notem que são eles próprios que estão fazendo isso. Quando tiverem a ideia de orar por coragem, deixe-os tentar sentirem-se realmente corajosos. Quando disserem que estão orando por perdão, deixe-os tentar sentirem-se perdoados. Ensine-os a estimarem o valor de cada oração por seu sucesso em produzir o sentimento desejado, e nunca os deixe suspeitar de que esse tipo de sucesso ou de fracasso irá depender de estarem bem ou mal, descansados ou exaustos, naquele momento.

Mas, é claro, o Inimigo não ficará de braços cruzados nesse meio tempo. Sempre que houver oração, haverá o perigo de sua ação imediata. Ele fica cinicamente indiferente à dignidade de sua posição, e à nossa, meros espíritos puros, e sobre os animais humanos que se colocam de joelhos, e derrama quantidades enormes de autoconhecimento sem o menor escrúpulo. Mas, mesmo se ele derrotar você em sua primeira tentativa de ludibriar o seu humano, temos uma arma mais sutil. Os humanos não possuem aquela percepção direta dele que nós, infelizmente, não conseguimos evitar. Nunca conheceram aquela luminosidade sinistra, aquele resplendor penetrante e intenso que compõe o pano de fundo do sofrimento permanente de nossa vida. Se conseguir olhar dentro da mente do paciente enquanto ele ora, não encontrará *isso*. Se examinar o objeto ao qual ele está servindo, descobrirá que se trata de uma composição de vários ingredientes bastante ridículos. Haverá imagens derivadas de retratos do Inimigo, quando este surgiu durante episódio desacreditado e conhecido como Encarnação: haverá imagens ainda mais vagas — talvez bem primitivas e pueris — associadas às outras duas Pessoas. Haverá até um pouco de sua própria reverência (e das sensações físicas que a acompanham) tornadas em objetos e atribuídas ao objeto reverenciado. Sei de casos em que aquilo que o paciente chamava de seu "Deus" era, na verdade, uma *localização física* — no canto esquerdo do teto do seu quarto, ou de dentro de sua própria cabeça, ou um crucifixo na parede. Mas qualquer que seja a natureza do objeto composto, você terá de mantê-lo orando para *aquilo* — para a coisa que ele fez, não para a Pessoa que o tenha criado. Talvez até mesmo o encoraje a dar grande importância à correção e ao aperfeiçoamento do seu objeto composto, e a mantê-lo constantemente diante dos olhos de sua imaginação ao longo de toda oração, pois se ele jamais chegar a fazer a distinção, se direcionar conscientemente suas orações "não para o que eu penso que sejas, mas para o que sabes que és", nossa situação será, nessa hora, desesperadora. Uma vez que todos os seus pensamentos e imagens tiverem sido descartados, ou preservados, mas com o pleno reconhecimento de sua natureza meramente subjetiva, e uma vez que o homem entregar-se à Presença completamente real, externa, invisível, que estará com ele no quarto e nunca será conhecida dele, como ele é conhecido por ela — então, meu amigo, é que tudo poderá acontecer. Para evitar essa situação embaraçosa — essa completa nudez da alma na oração — você se valerá do fato de que os próprios humanos não desejam isso tanto quanto se pode supor. Existe mesmo essa coisa chamada receber mais do que aquilo que estavam pedindo!

Com carinho,
Seu tio, Maldanado

Carta V

Meu querido Vermelindo,

É um pouco decepcionante esperar um relatório detalhado sobre o seu trabalho e receber, em vez disso, uma rapsódia tão vaga quanto sua última carta. Você diz que está "pulando de alegria", delirando, porque os humanos europeus começaram outra guerra. Sei muito bem que bicho lhe mordeu. Você não está louco, só está bêbado. Lendo bastante as entrelinhas do seu delirante relato sobre a noite insone de seu paciente, posso reconstituir com grande precisão o estado mental dele. Essa foi a primeira vez na sua carreira que você provou daquele vinho que é a recompensa de todos os nossos esforços — a angústia e o atordoamento de uma alma humana — e isso subiu à sua cabeça. Claro que não o culpo. Não posso esperar maturidade dos jovens. Será que o paciente reagiu a algum dos retratos do futuro de horror que você pintou para ele? Será que você trabalhou direitinho em cima de alguns vislumbres, regados a autocomiseração, do seu passado feliz? — será que havia algumas sensações refinadas na boca do estômago dele? Será que você tocou o seu violino lindamente? Bem, tudo isso é bem natural. Mas lembre-se, Vermelindo, de que o dever vem antes do prazer. Se qualquer comodismo de sua parte levar à perda definitiva de sua presa, você será condenado a privar-se eternamente da bebida da qual só degustou o primeiro gole. Se, por outro lado, puder finalmente ganhar a alma dele com determinação e frieza, aqui e agora, então ele será seu para sempre — um cálice vivo, cheio até a borda de desespero, terror e assombro que você poderá levar aos lábios quantas vezes quiser. Portanto, não permita que nenhum entusiasmo temporário tire o foco de sua atividade principal que é solapar a fé e impedir a formação de virtudes. Em sua próxima carta, quero que você me preste, sem falta, um relatório completo das reações do paciente à guerra, de modo que possamos analisar se estaremos mais propensos a torná-lo um patriota extremo ou um pacifista militante. Há todo o tipo de possibilidades. Nesse meio tempo, devo alertá-lo a não esperar demais da guerra.

É claro que uma guerra é diversão garantida. O medo e o sofrimento imediatos dos humanos são um refresco legítimo e prazeroso para os nossos muitos trabalhadores que pegam no pesado. Mas que bem permanente isso poderá fazer se não tirarmos disso vantagem para levar almas ao Nosso Pai nas Profundezas? Quando vejo o sofrimento temporal dos humanos que conseguiram escapar de nós, sinto como se tivesse sido autorizado a provar do primeiro prato de um banquete farto e depois tenha sido impedido de comer o resto. Isso é pior do que não tê-lo sequer provado. O Inimigo, fiel aos seus métodos bárbaros de guerra, permite-nos testemunhar a breve miséria de seus prediletos tão somente para nos afligir e atormentar — escarnecer da fome incessante que, ao longo desta fase atual do grande conflito, seu bloqueio está reconhecidamente impondo. Vamos então pensar primeiro sobre como usar e, depois, como nos deliciar com essa guerra europeia, pois há certas tendências inerentes a ela que não estão, em si mesmas, de forma alguma atuando em nosso favor. Podemos ter esperança de achar alguma dose de crueldade e de impiedade. Mas se não formos cuidadosos, veremos milhares se voltando para o Inimigo em sua tribulação, enquanto dezenas de milhares que não irão assim tão longe, e ainda assim terão a sua atenção desviada de si mesmos para valores e causas que acreditam serem superiores a eles próprios. Sei que o Inimigo desaprova muitas dessas causas. Mas é aí que se mostra tão injusto ao premiar, muitas vezes, aqueles seres humanos que deram suas vidas por causas que ele considera ruins, a partir da fundamentação monstruosamente sofística de que os seres humanos as achavam boas e estavam fazendo o melhor que sabiam. Considere ainda quantas mortes indesejáveis ocorrem em tempos de guerra. Pessoas são mortas em lugares onde sabiam que poderiam morrer e para os quais vão preparadas, se já estiverem, de alguma forma, do lado do Inimigo. Seria tão melhor para nós se *todos* os seres humanos morressem em hospitais caros cercados por médicos que mentem, enfermeiras que mentem e amigos que fazem o mesmo, conforme foram por nós treinados, a prometer vida para os moribundos, a encorajar a crença de que a doença pode ser tida como desculpa para qualquer indulgência, e até mesmo (se nossos trabalhadores fizerem bem o seu trabalho) a negar qualquer sugestão de que se chame um reverendo, a menos que sonegue ao doente sua verdadeira condição! E quão desastrosa para nós é a lembrança da morte que a guerra impõe. Uma de nossas melhores armas, o contentamento mundano, se mostrará inútil. Nos tempos de guerra, nem mesmo um ser humano consegue acreditar que viverá para sempre.

Sei que o Cascagrossa e outros viram nas guerras uma grande oportunidade para atacar a fé, mas penso que esse ponto de vista seja exagerado. Os humanos partidários do Inimigo foram todos plenamente instruídos por ele a enxergar o sofrimento como uma parte essencial daquilo que ele chama de Redenção, de modo que uma fé destruída pela guerra ou pela pestilência não pode realmente ter sido digna do esforço de ser destruída. Estou falando daquele sofrimento difuso por um longo período tal como o que a guerra irá produzir. É claro que, no exato momento do terror, do luto ou dor física, você poderá capturar o seu homem quando a razão dele estiver temporariamente suspensa. Mas mesmo então, se ele candidatar-se ao quartel-general do Inimigo, constatei que seu posto será quase sempre defendido.

Com carinho,
Seu tio, Maldanado

Carta VI

Meu querido Vermelindo,

Fiquei satisfeito de saber que a idade e a profissão de seu paciente tornam possível, embora não garantam, que ele seja convocado para o serviço militar. Gostaríamos que ele ficasse num completo estado de incerteza, de modo que a sua mente fique cheia de imagens contraditórias do futuro, sendo que cada uma delas desperte nele esperança ou medo. Não há nada mais eficaz que o suspense e a ansiedade para bloquear a mente humana contra o Inimigo. Ele quer que os homens fiquem preocupados com o que fazem; nosso negócio é fazer com que fiquem constantemente pensando sobre o que vai acontecer com eles.

É claro que o seu paciente já terá se convencido de que precisa se submeter com paciência à vontade do Inimigo. O que o Inimigo quer dizer com isso é essencialmente que ele deve aceitar com paciência a tribulação que lhe sobreveio — a ansiedade e o suspense atuais. É sobre *isso* que ele deve dizer: "Seja feita a tua vontade" e, pela tarefa diária de suportar *isso* que o pão de cada dia será providenciado. O seu negócio é garantir que o paciente nunca pense no medo presente como a cruz que lhe foi designada, mas apenas nas coisas que o deixam temeroso. Deixe-o considerá-las como sendo as suas cruzes: não o deixe pensar que, já que são incompatíveis, elas não podem todas acontecer com ele, e faça-o praticar a coragem e a paciência em relação a elas, mesmo antes de acontecerem. Porque uma resignação real, ao mesmo tempo, para com uma dúzia de situações diferentes e hipotéticas, é quase impossível, sendo que o Inimigo não ajuda muito aqueles que tentam ficar nesse estado de conformação. A resignação ao sofrimento presente e real, mesmo quando esse sofrimento consiste basicamente no medo, é mais cômoda e geralmente é auxiliada por essa ação direta.

Há uma lei espiritual importante envolvida aqui. Expliquei que você pode enfraquecer as orações do seu paciente desviando a atenção dele do Inimigo em si, para atentar sobre os seus próprios estados mentais em relação a ele. Por outro lado, o medo se torna mais fácil de dominar quando a mente do paciente é desviada da coisa temida para o medo em si, considerado um estado presente e indesejável de sua própria mente — e quando ele se refere ao medo como a cruz que lhe foi designada, passa inevitavelmente a pensar nisso como um estado de espírito. Por isso, é possível formular a seguinte regra geral: em todas as atividades mentais que favorecem a nossa causa, encoraje o paciente a não atentar para si mesmo, e sim a concentrar-se no objeto; mas, no caso daquelas atividades que favorecem o Inimigo, leve-o a concentrar-se só em si. Faça com que um insulto ou o corpo de uma mulher prendam tanto a atenção dele no objeto, que ele não chegue a pensar algo como: "estou entrando agora em um estado chamado Raiva — ou no estado chamado Luxúria". Em contrapartida, faça-o refletir em termos como: "agora, meus sentimentos estão se tornando mais puros, ou mais generosos", e, então, fixe a sua atenção dentro dele mesmo para que não consiga mais olhar para além de si a ponto de enxergar nosso Inimigo ou seu próximo.

Com relação à atitude mais genérica dele em relação à guerra, você não deve confiar demais naqueles sentimentos de ódio que os humanos estão muito interessados em discutir nos periódicos cristãos ou anticristãos. Em sua angústia, o paciente pode, é claro, sentir-se encorajado a retaliar por meio de alguns sentimentos vingativos direcionados aos líderes germânicos, e isso, até certo ponto, é bom. Mas se trata normalmente de um tipo de ódio melodramático ou mítico direcionado a bodes expiatórios imaginários. Ele nunca topou com tais pessoas na vida real — elas são figuras leigas, moldadas a partir do que ele extrai dos jornais. Os resultados desses ódios fantasiosos são muitas vezes os mais decepcionantes e, dentre todos os seres humanos, os ingleses são, com respeito a isso, os mais deploráveis fracotes. São criaturas daquele tipo miserável que proclamam em alta voz que a tortura seria pouco para os seus inimigos, mas logo em seguida oferecem chá e cigarros ao primeiro piloto alemão ferido que aparece na porta dos fundos.

Faça você o que fizer, sempre haverá alguma benevolência, bem como alguma malícia na alma do seu paciente. O negócio é direcionar a malícia para os seus vizinhos, com quem ele topa todos os dias, e transferir sua benevolência a circunstâncias remotas, dirigindo-a a pessoas que ele não conhece. Assim, a malícia se torna totalmente real e a benevolência, em grande parte, imaginária. Não há nenhuma vantagem em inflamar o seu ódio contra os alemães se, ao mesmo tempo, um hábito pernicioso de caridade estiver tomando forma entre ele e sua mãe, seu chefe e o homem com quem ele topa no trem. Pense no seu homem como uma série de círculos concêntricos, sendo que a sua vontade é o mais interno, o seu intelecto vem logo depois e, finalmente, sua fantasia. Não é de se esperar que se possa excluir imediatamente de todos os círculos tudo que cheira ao Inimigo, mas você deve continuar a transferir todas as virtudes para círculos externos até que eles finalmente estejam no círculo da fantasia, e todas as qualidades desejáveis para dentro da Vontade. Somente quando alcançam a Vontade e são ali incorporadas em hábitos é que as virtudes se tornam realmente fatais para nós. (É claro que não estou me referindo ao que o paciente toma erroneamente por sua Vontade, aquela fúria de resoluções e de dentes cerrados, e sim ao centro real, aquilo que o Inimigo chama de Coração.) Todos os tipos de virtudes pintadas na fantasia, aprovadas pelo intelecto ou, em certa medida, amadas e admiradas, afastarão uma pessoa da casa de Nosso Pai: na verdade, elas poderão torná-lo mais divertido quando chegar lá.

Com carinho,
Seu tio, Maldanado

Carta VII

Meu querido Vermelindo,

Fico espantado com sua pergunta se é essencial manter o paciente na ignorância quanto à sua própria existência. Essa questão, ao menos para a fase presente da luta, já nos foi respondida pelo Alto Comando. Nossa política para o momento é de nos mantermos ocultos. Claro que isso nem sempre foi assim. Na verdade, estamos nos deparando com um dilema curioso. Quando os seres humanos deixam de acreditar em nossa existência, perdemos todas as consequências prazerosas do terrorismo direto e deixamos de produzir bruxos. Por outro lado, quando eles acreditam em nós, não temos como torná-los materialistas e céticos. Pelo menos por enquanto. Tenho muita esperança de que iremos aprender em pouco tempo como apelar aos sentimentos e transformar em mito a ciência deles a ponto de aquilo que é, com efeito, uma crença em nós (embora não com esse nome) se infiltrará de mansinho, enquanto a mente humana permanecerá fechada à crença na existência do Inimigo. A "Energia Vital", a veneração do sexo e alguns aspectos da Psicanálise poderão ser bem úteis aqui. Se conseguirmos realizar nosso trabalho perfeito — o bruxo materialista, o homem que não usa, antes, cultua verdadeiramente ao que ele chama vagamente de "Forças" ao mesmo tempo que nega a existência de "espíritos" —, então o fim da guerra estará às portas. Mas, nesse meio tempo, deveremos obedecer às ordens recebidas. Não acho que você terá muita dificuldade para manter o paciente na escuridão. O fato de que os "demônios" são figuras predominantemente *cômicas* na imaginação moderna irá ajudá-lo. Se qualquer suspeita tênue de sua existência começar a surgir na mente dele, sugira uma imagem de uma entidade em trajes vermelhos e convença-o de que, já que ele não pode acreditar nessas coisas (trata-se de um velho método de manual para confundi-los), também não poderá acreditar em você.

Não esqueci da promessa que fiz de avaliar se devemos tornar o paciente um extremo patriota ou um extremo pacifista. Todos os extremos, exceto a devoção extrema ao Inimigo, devem ser encorajados. Nem sempre, é claro, mas principalmente nas condições atuais. Algumas épocas são apáticas e complacentes, e o nosso trabalho é deixá-las ainda mais calmas e embalá-las mais rapidamente no sono. Já outras eras, como a nossa, são desequilibradas e inclinadas à facção, sendo o nosso dever inflamá-las. Qualquer círculo de pessoas, reunidas por algum interesse desprezado ou ignorado por outras, tende a se desenvolver em um caldeirão de admiração mútua e também a gerar uma grande quantidade de vaidade e ódio para com o mundo exterior, os quais são alimentados sem nenhum pudor, tudo pela "causa", que é seu patrocinador e é considerada impessoal. Isso é assim, mesmo quando o pequeno grupo existe originalmente para os propósitos próprios do Inimigo. Queremos que a Igreja permaneça pequena não apenas para que menos pessoas possam conhecer o Inimigo, mas também para que aqueles que o conhecem possam adquirir a intensidade inquietante e o falso moralismo defensivo de uma sociedade secreta ou de uma *panelinha*. É claro que a Igreja em si é defendida com veemência, portanto, não tivemos ainda sucesso em dar a ela *todas* as características de uma facção; mas facções subordinadas dentro dela muitas vezes produziram resultados admiráveis das partes de Paulo e Apolo, em Corinto, até o baixo e o alto clero da Igreja Anglicana.

Se o seu paciente puder ser induzido a se tornar um contestador consciente, ele automaticamente se identificará como membro de uma sociedade pequena, organizada, impopular, mas com voz ativa, e os efeitos disso sobre alguém tão recém-chegado ao cristianismo quase sempre serão positivos. Mas apenas *quase*. Será que essa pessoa já teve sérias dúvidas sobre a legalidade de servir em uma guerra justa antes da atual ter começado? Será que ele é um homem de grande coragem física — tão grande que não terá quaisquer dúvidas sobre os reais motivos de seu pacifismo?

Será que, quando estiver bem perto da honestidade (nenhum humano jamais estará *muito* perto), ele vai se sentir completamente convencido de que agiu plenamente impulsionado pelo desejo de obedecer ao Inimigo? Se ele for esse tipo de homem, é provável que o seu pacifismo não nos faça muito bem, e o Inimigo irá provavelmente protegê-lo das consequências usuais de pertencer a uma facção. Sua melhor estratégia nesse caso seria tentar provocar uma crise súbita, confusa e emocional, da qual pudesse emergir como um convertido irrequieto em prol do patriotismo. Esses fatores geralmente são manipuláveis. Mas se ele for o homem que eu penso que é, tente o pacifismo.

No entanto, seja qual for a seita que ele adotar, sua tarefa principal será a mesma. Comece por fazê-lo tratar o patriotismo ou o pacifismo como parte de sua religião. Depois, deixe-o, sob a influência do espírito partidário, chegar a se referir a isso como a parte mais importante. Depois, silenciosa e gradativamente, cuide para que ele alcance um estágio em que a religião se torne meramente parte da "causa", em que o cristianismo passe a ser valorizado principalmente em razão dos argumentos excelentes que é capaz de produzir em favor do esforço britânico em prol da guerra ou do pacifismo. A atitude da qual você deseja se proteger é aquela na qual os assuntos temporais são tratados essencialmente como matéria de obediência.

Uma vez que você tenha feito do mundo um fim e da fé um meio, terá quase conquistado o seu homem. E faz muito pouca diferença que tipo de fim mundano ele esteja perseguindo. Desde que os encontros, as panfletagens, as políticas, os movimentos, as causas e as cruzadas importem mais para ele do que as orações, os sacramentos e a caridade, ele será nosso — e quanto mais "religiosos" (nesses termos) forem os homens, mais seguramente os teremos em nossas mãos. Há jaulas repletas de gente desse tipo aqui embaixo.

Com carinho,
Seu tio, Maldanado

Carta VIII

Meu querido Vermelindo,

Então, quer dizer que você nutre "grandes esperanças de que a fase religiosa do seu paciente esteja definhando", não é? Eu sempre achei que a Academia de Treinamento havia chegado ao fundo do poço desde que empossaram o velho Remeleca como diretor, mas agora tenho certeza. Será que ninguém nunca lhe contou sobre a Lei da Ondulação?

Os seres humanos são anfíbios — em parte animais, em parte espíritos. (A insistência do Inimigo em produzir tal híbrido revoltante foi um dos fatores determinantes para o Nosso Pai retirar o seu apoio a ele). Como espíritos, eles pertencem à eternidade, mas, como animais, estão fadados à temporalidade. Isso significa que, enquanto o seu espírito pode ser direcionado para um objeto eterno, seus corpos, suas paixões e suas imaginações estão em constante mudança, pois mudar significa estar inserido na temporalidade. Eles experimentam a constância apenas em meio à ondulação — o retorno repetitivo a um nível do qual frequentemente se desviam, uma série de altos e baixos. Se você tivesse observado seu paciente cuidadosamente, teria visto essa ondulação em todos os aspectos de sua vida — seu interesse pelo trabalho, sua afeição pelos amigos, seus apetites físicos, todos têm seus altos e baixos. Enquanto seu humano viver sobre a Terra, os períodos de riqueza e vivacidade emocional e física se alternarão com períodos de entorpecimento e de pobreza. A aridez e o tédio que seu paciente está passando agora não são, como você entusiasticamente supõe, obra sua; eles são meramente um fenômeno natural que de nada nos servirá se não soubermos tirar vantagem disso.

Para decidir qual é a maior vantagem que se pode tirar, você deve perguntar o que o Inimigo pretende fazer com isso, e, então, fazer o oposto. Talvez você se surpreenda com o fato de que ele, em seus esforços para ter a posse permanente de uma alma, confie muito mais nos baixos que nos altos. Alguns dos seus filhos prediletos passaram por vales e depressões maiores e mais profundos do que qualquer pessoa. E a razão é a seguinte: para nós, os humanos não passam de comida. Nosso objetivo é a absorção da vontade deles na nossa, o aumento da nossa própria reserva de egoísmo à custa deles. Mas a obediência que o Inimigo demanda dos seres humanos é algo bem diferente. Deve-se encarar o fato de que toda aquela conversa sobre o seu amor pelos homens e a liberdade perfeita que vem de se entregar e dedicar-se a ele não é mera propaganda (como se poderia de bom grado acreditar), e sim uma verdade aterrorizante. Ele quer *realmente* encher o universo com um monte de pequenas réplicas repugnantes de si mesmo. Criaturas cujas vidas, numa escala em miniatura, serão qualitativamente como a sua, não porque ele as tenha absorvido, mas porque elas desejam se conformar de livre e espontânea vontade a ele. O que nós queremos é apenas gado que possa acabar nos servindo de comida; ele deseja servos que possam acabar se tornando seus filhos. Nós desejamos sugar, ele deseja retribuir. Nós somos vazios e queremos ser preenchidos; ele é pleno e, por isso, transborda. O objetivo de nossa guerra é um mundo em que o Nosso Pai nas Profundezas tenha absorvido todos os outros seres em si: já o Inimigo deseja um mundo cheio de seres unidos a ele, mas que, ainda assim, continuem sendo distintos.

E é aí que entram os períodos de baixa. Você já deve ter se perguntado muitas vezes por que o Inimigo não utiliza os seus poderes para estar sensivelmente presente nas almas humanas em qualquer nível sempre que desejar. Mas agora você vê que o Irresistível e o Incontestável são duas armas que a própria natureza de seu desígnio o impede de usar. Atropelar a vontade humana (o que aconteceria se ele se tornasse perceptível, mesmo no nível mais tênue e mínimo) não valeria de nada para ele, porque não pode violentá-los, pode apenas encantá-los. Pois sua ideia desprezível é fazer duas coisas incompatíveis ao mesmo tempo; as criaturas devem ser um com ele, sem deixarem de ser elas mesmas; simplesmente anulá-las, ou assimilá-las não servirá aos seus propósitos. Ele está preparado para intervir um pouquinho, no início. Irá instigá-los com pequenos sinais de sua presença que, embora minguados, parecem grandes para eles, repletas de doçura emocional e representativas de uma resistência fácil à tentação. Mas ele nunca permitirá que esse estado de coisas dure muito tempo. Mais cedo ou mais tarde, irá retirar, se não de fato, pelo menos de sua experiência consciente, todo apoio e incentivo. Deixará a criatura andar com suas próprias pernas — a fim de executar a partir da própria vontade aqueles deveres que já perderam o atrativo. É durante esses períodos de baixa, muito mais do que nos períodos de pico, que ela amadurecerá e se tornará o tipo de criatura que ele deseja que ela seja. Desse modo, as orações feitas no estado de aridez são aquelas que o agradam mais. Podemos arrastar nossos pacientes por meio da tentação contínua, porque nosso propósito em relação a eles é apenas que sirvam de refeição, e quanto mais conseguirmos interferir na vontade deles, melhor. O Inimigo não pode "tentá-los" para a virtude da mesma forma que "tentamos" para o vício. Ele quer que eles aprendam a andar sozinhos e deve, por isso, retirar a sua mão. E se o que restar for apenas a vontade de andar, ele ficará satisfeito até mesmo com seus tropeços. Não se iluda, Vermelindo. Não haverá um perigo maior para a nossa causa do que quando um ser humano, que não mais deseja, mas ainda assim pretende fazer a vontade de nosso Inimigo, olhar em redor, para um universo do qual todo traço dele parece ter desaparecido, e perguntar-se por que foi abandonado e ainda obedece.

Mas é claro que os períodos de baixa oferecem oportunidades também para nosso lado. Na semana que vem vou lhe dar algumas dicas de como explorá-las.

Com carinho,
Seu tio, Maldanado

Carta IX

Meu querido Vermelindo,

Espero que a minha última carta o tenha convencido de que o vale de apatia ou de "sequidão" pelo qual o seu paciente está passando no presente não irá, por si só, entregar a alma dele a você, mas tem de ser explorado apropriadamente. A seguir, vou lhe revelar a estratégia dessa exploração.

Em primeiro lugar, sempre pensei que os períodos de baixa da instabilidade humana oferecem excelentes oportunidades para todas as tentações sensuais, particularmente aquelas relativas ao sexo. Isso poderá surpreendê-lo, pois é claro que há mais energia física, e, portanto, mais apetite potencial, em períodos de pico; mas você deve lembrar que é nessa hora que as forças de resistência atingem também seu ponto mais alto. A saúde e o ânimo que você deseja usar na produção da luxúria também podem ser, lamentavelmente, usados com muita facilidade no trabalho, no lazer, no pensamento ou na alegria inconsequentes. O ataque terá uma chance maior de sucesso quando todo o mundo interior de uma pessoa estiver sombrio, frio e vazio. E deve-se notar também que a sexualidade de quem atravessa períodos de baixa é sutilmente diferente daquela da pessoa que está no pico — com menos chance de levar ao fenômeno "água com açúcar" que os humanos chamam de "estar apaixonado", muito mais facilmente levado a perversões, muito menos contaminado por aqueles adendos generosos e imaginativos e até mesmo espirituais que tão frequentemente fazem com que a sexualidade humana se torne tão decepcionante. O mesmo vale para outros desejos da carne. É muito mais provável que você transforme o seu homem num grande alcoólatra se lhe impuser a bebida como um paliativo para seu tédio e sua exaustão, do que se encorajá-lo a usar a bebida como meio de parecer um sujeito descolado entre amigos, nas horas de felicidade e de afetuosidade. Quando lidamos com o prazer em sua forma saudável, normal e satisfatória, estamos, por assim dizer, no campo de Inimigo. Eu sei que ganhamos muitas almas por meio do prazer. Ainda assim, trata-se de uma invenção dele, não nossa. Ele criou os prazeres: todas as nossas pesquisas até aqui não nos permitiram produzir sequer um deles. Tudo o que podemos fazer é encorajar os humanos a desfrutarem dos prazeres que nosso Inimigo produziu, mas os utilizando de algum modo ou em níveis proibidos por ele. Logo, sempre tentamos trabalhar à parte da condição natural de qualquer prazer, ou seja, naquilo que é menos natural, com uma menor porção do perfume do seu Criador e menos prazeroso. A fórmula, portanto, é um anseio cada vez maior por uma satisfação cada vez menor. É mais certeiro e tem mais *requinte*. Capturar a alma do homem e não dar *nada* em troca — é isso que realmente agrada o coração do Nosso Pai. E os períodos de baixa são a época certa para dar início a esse processo.

Mas há uma forma ainda melhor de explorar as baixas, que é pelos próprios pensamentos do paciente sobre elas. Como sempre, o primeiro passo é manter o conhecimento fora de sua mente. Não o deixe suspeitar da Lei da Ondulação. Faça-o presumir que a euforia inicial de sua conversão era para ter durado, que deveria ter se perpetuado para sempre, e que a aridez que ele está sentindo agora é uma condição permanente. Uma vez que tenha fixado bem essa concepção equivocada na cabeça dele, você poderá proceder de várias formas. Tudo dependerá de o seu homem ser do tipo que se desmotiva fácil, alguém que pode ser tentado ao desespero, ou do tipo que se ilude fácil, que pode ser convencido de que tudo está bem. O primeiro tipo está se tornando raro entre os humanos. No caso de o seu paciente pertencer a esse tipo, tudo será mais fácil, e você terá apenas de mantê-lo longe do caminho de cristãos experientes (uma empreitada relativamente fácil), para direcionar a sua atenção às passagens apropriadas das Escrituras e, depois, fazê-lo trabalhar no projeto desesperado de recuperar os seus velhos sentimentos por pura força de vontade. Então, o jogo estará ganho. Se ele for do tipo mais esperançoso, o seu trabalho será fazê-lo submeter-se à frieza atual de sua alma e se contentar gradualmente com ela, persuadindo a si mesmo de que, no fim das contas, não é tão fria assim. Em uma semana ou duas, você o deixará em dúvida se os primeiros dias do seu cristianismo não foram talvez um pouco exagerados. Fale com ele sobre a "moderação em todas as coisas". Se conseguir levá-lo a ponto de pensar que a "religião é boa só até certo ponto", você sentirá enorme satisfação, tendo em vista que uma religião moderada é tão interessante para nós quanto religião nenhuma — e mais divertida.

Outra possibilidade é o ataque direto à fé. Uma vez que você o tenha levado a pensar que o período de baixa é permanente, não seria o caso de persuadi-lo igualmente de que a sua "fase religiosa" vai passar, da mesma forma que todas as fases anteriores? É claro que não há forma concebível de chegar, pela razão, da proposição "Estou perdendo interesse por isso" para a proposição "Isso é falso". Mas, como eu disse antes, é no jargão, não na razão, que você deve confiar. A mera palavra *fase* muito provavelmente vai dar conta desse truque. Eu presumo que ele já tenha passado por várias fases antes — todos eles passam — e que ele sempre se sinta superior e paternal em relação àquelas das quais saiu ileso, não por seu senso crítico, mas simplesmente porque estão no passado.

(Tenho certeza de que você o está mantendo bem alimentado com ideias nebulosas sobre Progresso, Desenvolvimento e Ponto de Vista Histórico, e de que lhe esteja dando muitas biografias modernas para ler. As pessoas nelas sempre estão conseguindo sair de fases, não estão?)

Captou a mensagem? Afaste os seus pensamentos da pura antítese entre Verdadeiro e Falso. Ponha na cabeça deles expressões sombrias como — "Foi só uma fase" — "Já passei por isso" — e não se esqueça da palavra mágica: "Adolescência".

Com carinho,
Seu tio, Maldanado

Carta X

Meu querido Vermelindo,

São maravilhosas as notícias trazidas por Viltrapaça, que o seu paciente fez amizades novas e muito desejáveis, e que você parece ter se aproveitado desse acontecimento de maneira realmente promissora. Imagino que o casal de meia-idade que ligou para o escritório dele seja bem o tipo de gente que queremos que ele conheça — rica, esperta, superficialmente intelectual e promissoramente cética em relação a tudo no mundo. Entendo que eles sejam até um tanto pacifistas, não por motivos morais, mas por um hábito arraigado de desprezar qualquer coisa que diga respeito à grande massa de seus semelhantes e de uma pitada de comunismo puramente literário e da moda. Isso é excelente. E você parece ter tirado grande vantagem da vaidade social, sexual e intelectual do seu paciente. Conte-me mais. Ele chegou a um comprometimento mais sério com eles? Não me refiro às palavras usadas. Existe um jogo sutil de olhares, tons e risos pelos quais um mortal demonstra que finge partilhar dos mesmos hábitos que aqueles com quem está conversando. Esse é o tipo de traição que você deve encorajar, especialmente porque o homem em si não se dá conta dela e, no momento em que age assim, terá dificuldade de se desassociar dela.

Sem dúvida ele não demorará a perceber que a sua própria fé está em oposição direta aos pressupostos sobre os quais se baseia toda a conversa dos seus novos amigos. Eu não creio que isso faça muita diferença, desde que você possa persuadi-lo a postergar qualquer reconhecimento aberto desse fato. Isso será fácil de fazer, com ajuda da vergonha, do orgulho, da modéstia e da vaidade. Enquanto durar o adiamento, ele estará numa posição falsa. Ficará em silêncio quando deveria falar, e dará risada quando deveria ficar em silêncio. Ele assumirá, primeiro somente por suas ações, mas logo em seguida por suas palavras, todo tipo de cinismo e ceticismo que não são realmente seus. Mas se você o manipular direitinho, essas atitudes logo serão apropriadas por ele. Todos os mortais tendem a se transformar naquilo que pretendem ser. Isso é elementar. O que está de fato em questão é como se preparar para o contra-ataque do Inimigo.

A primeira medida a tomar é atrasar ao máximo o momento em que ele se dará conta de que esse novo prazer é uma tentação. Já que os servos do Inimigo têm pregado por dois mil anos sobre "o mundo" como uma das grandes tentações-padrão, isso parece ser difícil de fazer.

Mas, felizmente, pouco se tem falado sobre isso nas últimas décadas. Nos textos cristãos modernos, embora eu veja várias referências (na verdade mais do que eu desejaria) a Mamom, muito pouco se adverte sobre as vaidades mundanas, a escolha de amigos e o valor do tempo. Tudo isso provavelmente seu paciente classificaria como "puritanismo" — e, permita-me uma breve observação, o valor que demos a essa palavra é um dos triunfos sólidos dos últimos cem anos. Por meio dela, resgatamos anualmente milhares de humanos de uma vida temperante, caridosa e sóbria.

Mais cedo ou mais tarde, contudo, a natureza real de seus novos amigos deve se tornar clara para ele, e, então, suas táticas devem depender da inteligência de seu paciente. Se ele for tolo o bastante, você poderá levá-lo a se dar conta do caráter dos amigos apenas quando eles estiverem ausentes; sua presença pode servir para eliminar toda possibilidade de crítica. Se conseguir isso, ele pode ser induzido a viver duas vidas paralelas, como muitos humanos fazem, por longos períodos de tempo. Ele não apenas parecerá ser, mas realmente será, um homem diferente em cada um dos círculos que frequentar. Se isso falhar, há um método mais sutil e divertido. Você pode fazer com que ele tenha verdadeiro prazer ao perceber que existem dois lados de sua vida que são incompatíveis. Isso poderá ser alcançado explorando sua vaidade. Ele pode ser instruído a gostar de se ajoelhar ao lado do dono da mercearia aos domingos só porque o dono da mercearia jamais entenderia o mundo urbano e escarnecedor que ele frequenta no sábado à noite; e, inversamente, a apreciar ainda mais as obscenidades e blasfêmias que rolaram no café com esses amigos admiráveis, porque está consciente de um mundo mais "profundo" e "espiritual" dentro dele que eles são incapazes de compreender. Acho que você está entendendo o que quero dizer — os amigos mundanos o tocam de um lado e o dono da mercearia, de outro; e ele é o homem completo, equilibrado e complexo que consegue perscrutar todos. Assim, ao mesmo tempo que se mantém desleal a, pelo menos, dois grupos de pessoas, ele sentirá, no lugar da vergonha, um fluxo contínuo e subterrâneo de satisfação própria. Finalmente, se todo o resto falhar, você poderá persuadi-lo, numa violação à própria consciência, a continuar a ter novas amizades com base no raciocínio de que ele está, de forma não especificada, fazendo "bem" a essas pessoas pelo mero fato de compartilhar sua bebida e de rir de suas piadas, e que deixar de fazer isso seria "excessivo", "intolerante" e (é claro) "puritano".

Nesse meio tempo, é claro, você deverá tomar as medidas de precaução adequadas para que esse novo projeto o induza a gastar mais do que pode e a negligenciar o seu trabalho e sua mãe. A surpresa e a inveja dela, além da ambiguidade ou da brutalidade de suas reações, serão inestimáveis para o agravamento da tensão doméstica.

Com carinho,
Seu tio, Maldanado

Carta XI

Meu querido Vermelindo,

Tudo está indo maravilhosamente bem. Em especial, fico contente de ouvir que os dois novos amigos o fizeram conhecer o resto do grupo. Todos eles, como posso inferir do nosso centro de informações, são pessoas completamente confiáveis, escarnecedoras e aferradas às coisas mundanas que, sem terem cometido nenhum crime extraordinário, estão progredindo silenciosa e confortavelmente rumo à casa do Nosso Pai. Você fala que eles gostam muito de rir. Espero que isso não signifique que você nutra a falsa impressão de que o riso em si esteja sempre a nosso favor. Esse, aliás, é um ponto que merece alguma atenção.

Costumo dividir as causas do riso humano em Alegria, Diversão, Anedota e Petulância. Você vai encontrar a primeira entre amigos e amantes reunidos no fim de tarde de um feriado. Entre adultos, geralmente se arranja algum pretexto para o riso na forma de piadas, mas a facilidade com a qual os menores gracejos produzem risadas nessas horas mostra que elas não são a causa real. Não sabemos qual é essa causa verdadeira. Algo parecido com isso é expresso em boa parte dessa arte detestável que os humanos chamam de música; algo semelhante acontece nos Céus — uma aceleração sem sentido no ritmo da experiência celestial, que é bem insondável para nós. O riso desse tipo não nos faz bem algum e deve ser sempre desencorajado. Além disso, o fenômeno em si é nojento e um insulto direto ao realismo, à dignidade e à austeridade do Inferno.

A Diversão está diretamente relacionada à Alegria — um tipo de subproduto emocional que surge do instinto do lúdico. É de bem pouco proveito para nós. É claro que às vezes pode ser utilizada para desviar os seres humanos de algo mais que o Inimigo gostaria que eles estivessem sentindo ou fazendo; mas em si, a Diversão tem tendências totalmente indesejáveis, promovendo a caridade, a coragem, a satisfação e muitos outros males.

A Anedota, que está associada à percepção súbita da incongruidade, é um campo muito mais promissor. Não estou pensando em primeiro plano do humor irreverente ou obsceno que, embora muito usado pelos tentadores de segunda categoria, tem resultados muitas vezes decepcionantes. A verdade é que, quanto a esse assunto, os humanos estão claramente divididos em duas classes. Há aqueles para os quais "nenhuma paixão é tão séria quanto a luxúria" e para quem uma história indecente deixa de produzir lascívia precisamente quando se torna engraçada:

há outros para os quais o riso e o desejo são motivados no mesmo momento e pelas mesmas coisas. O primeiro tipo faz piada do sexo porque isso aponta muitas incongruências; já o segundo cultiva incongruências porque quer ter um pretexto para falar sobre sexo. Se o seu homem for do primeiro tipo, o humor de baixo calão não vai lhe servir — não vou nunca esquecer as horas que gastei (de tédio insuportável) com um dos meus primeiros pacientes nos bares e salas para fumantes antes de eu ter aprendido essa regra. Descubra a que grupo o seu paciente pertence — e cuide para que ele mesmo *não* o descubra.

O verdadeiro uso de Anedotas, Piadas e de Humor encontra-se numa direção bem diferente e é especialmente promissor entre os ingleses, que levam o seu "senso de humor" tão a sério que a falta desse senso é quase o único defeito do qual sentem vergonha. O humor é para eles o grande consolo, além de ser (marque bem isso) a desculpa para tudo na vida. Assim, ele é indispensável como meio de destruir qualquer sentimento de vergonha. Se um homem simplesmente deixar os outros pagarem a conta em seu lugar, é "pão-duro"; se gabar-se disso de forma jocosa e caçoar dos seus colegas por terem sido trapaceados, não será mais "pão-duro", e sim um cara cômico. A mera covardia é vergonhosa, mas aquela da qual alguém se vangloriar com superlativos humorísticos e gestos grotescos pode parecer engraçado. A crueldade é vergonhosa — a menos que o homem cruel possa transformá-la em piada. Milhares de piadas obscenas ou mesmo blasfemas não são de grande ajuda na danação de um homem, tanto quanto a sua descoberta de que praticamente tudo o que deseja fazer pode ser feito, não apenas sem a desaprovação de seus colegas, mas com a admiração deles, se ele tão somente souber fazer disso uma piada. E essa tentação pode passar totalmente despercebida para o seu paciente, graças àquela seriedade inglesa com relação ao humor. Qualquer sugestão de que se possa estar cometendo exageros pode ser tida como "puritana" ou como indicativo para a "falta de humor".

Mas a Petulância é a melhor de todas. Em primeiro lugar, ela é muito econômica. Qualquer um pode ser treinado para falar *como se* a virtude fosse engraçada, mas apenas um homem inteligente pode fazer uma piada boa sobre a virtude ou, na verdade, sobre qualquer outra coisa. Entre pessoas petulantes, a piada sempre é assumida como algo natural. Ninguém realmente faz piada; mas qualquer assunto sério é discutido como se já tivessem percebido o lado ridículo dele. Se prolongado, o hábito da Petulância constrói em torno de uma pessoa a mais refinada couraça que conheço contra o Inimigo, além de ser bastante livre dos perigos inerentes às outras fontes de riso. Ela está há milhares de quilômetros de distância da alegria; entorpece, em vez de aguçar o intelecto, e isso não estimula nenhuma afeição entre aqueles que a praticam.

Com carinho,
Seu tio, Maldanado

Carta XII

Meu querido Vermelindo,

Obviamente você está fazendo um grande progresso. Meu único medo é que, para tentar apressar o paciente, você o faça perceber a real situação em que se encontra. Pois você e eu, que vemos essa situação como ela realmente é, não devemos nunca nos esquecer do quanto isso parecerá totalmente diferente para ele. Nós sabemos que o fizemos mudar de rumo, uma vez que você já o está levando para longe da órbita do Inimigo; mas ele deve ser levado a imaginar que todas as escolhas que provocaram essa mudança são triviais e revogáveis. Não se pode permitir que ele suspeite de que está, ainda que muito lentamente, distanciando-se do Sol, numa rota que o levará ao frio e à escuridão do espaço sideral.

Por essa razão, estou quase feliz de ouvir que ele ainda frequente a igreja e comungue. Sei que há perigos nisso, mas qualquer coisa é melhor do que deixá-lo se dar conta do rompimento definitivo com os primeiros meses de sua vida cristã. Desde que mantenha os hábitos exteriores de cristão, ele ainda pode ser levado a pensar acerca de si mesmo como alguém que tenha, sim, conquistado alguns novos amigos e divertimentos, mas cujo estado espiritual é o mesmo de seis semanas atrás. E, enquanto ele pensar assim, não teremos que brigar com o arrependimento explícito de um pecado definitivo, totalmente reconhecido, mas apenas com o sentimento vazio — o qual é bastante incômodo, diga-se de passagem —, de que ele não estava se comportando muito bem ultimamente.

Essa leve inquietação requer tratamento cuidadoso. Se ela se tornar muito forte, pode despertá-lo e estragar tudo. Por outro lado, se você a suprimir inteiramente — o que, a propósito, o Inimigo provavelmente não vai lhe permitir fazer —, vamos perder um elemento na situação que poderia reverter em nosso favor. Se permitirmos que esse sentimento sobreviva, mas não o deixarmos se tornar irresistível nem gerar arrependimento genuíno, isso trará excelentes frutos, pois aumentará a relutância do paciente em pensar no Inimigo. Todos os seres humanos de quase todas as épocas manifestam essa relutância, mas quando pensar sobre ele envolve encarar e intensificar a nuvem vaga de culpa semiconsciente, essa relutância se multiplica por dez. Eles odeiam qualquer ideia que se associe ao Inimigo, da mesma forma que pessoas em dificuldades financeiras odeiam a mera visão de seu extrato bancário. Nesse estado, o paciente não vai negligenciar, mas gostará cada vez menos de realizar seus deveres religiosos. Irá refletir sobre eles o mínimo possível, para não perder a decência, e também irá esquecê-los o mais rápido que puder assim que der conta deles. Algumas semanas atrás, você teve que *tentá-lo* para a irrealidade ou desatenção nas suas orações: mas agora o encontrará de braços abertos para você, quase implorando que o distraia de seus propósitos e entorpeça o seu coração. Ele vai *querer* que suas orações sejam irreais, pois não vai recear nada senão o contato efetivo com o Inimigo. O seu lema será nunca mexer em vespeiro.

À medida que essa condição for se consolidando, você será gradativamente liberto da tarefa cansativa de providenciar prazeres para usá-los como tentações. E à medida que a ansiedade e a relutância do paciente de encará-la o afastam cada vez mais da felicidade real, e como o hábito torna os prazeres da vaidade, da excitação e da irreverência cada vez menos importantes e difíceis de dispensar (pois felizmente é isso que o hábito faz com o prazer), você descobrirá que qualquer coisa ou nada será suficiente para atrair sua atenção errante. Não será mais preciso um bom livro (algo que realmente lhe traz prazer) para mantê-lo longe de suas orações, de seu trabalho ou de seu sono; os Classificados do jornal de ontem vão dar conta disso. Você poderá fazê-lo perder tempo não apenas em conversas que lhe agradem, mas também em conversas com pessoas para as quais ele não dá a mínima, sobre assuntos que o entediam. Você pode fazê-lo ficar inativo por longos períodos de tempo, ou pode mantê-lo acordado à noite, sem que esteja na festa, olhando fixamente para a lareira apagada em um quarto frio. Todas as atividades saudáveis e sociáveis que queremos que ele evite podem ser inibidas sem dar *nada* em troca, de modo que ao menos ele possa dizer, como um dos meus próprios pacientes ao chegar aqui no Inferno: "Vejo agora que desperdicei a maior parte da minha vida sem fazer o que deveria *nem* o que desejava". Os cristãos descrevem o Inimigo como alguém "sem o qual Nada é forte". E o "Nada" é bem forte: forte o bastante para roubar os melhores anos de uma pessoa, não em doces pecados, mas num sombrio devaneio da mente sobre sabe-se lá o quê nem por que, na satisfação de curiosidades tão débeis que o homem se torna apenas semiconsciente delas, tamborilando os dedos e sapateando, assobiando canções das quais não gosta, ou em um longo e turvo labirinto de fantasias que não dão nem prazer nem satisfazem a ambição para lhe dar algum sabor, mas que, tendo sido iniciadas pelo acaso, a criatura estará fraca e inebriada demais para se livrar delas.

Você dirá que esses são pecados muito ínfimos e, sem dúvida, como todos os tentadores jovens, você está ansioso para poder reportar perversidades espetaculares. Mas lembre-se de que a única coisa que importa é o quanto você consegue afastar o homem do Inimigo. Não importa quão pequenos são os pecados desde que o seu efeito cumulativo seja o de desviar o homem para longe e para fora da luz, direto para o Nada. O assassinato não será melhor que o carteado se este der conta do recado. A estrada mais segura para o Inferno é gradativa — a ladeira é suave, o solo é macio, sem curvas acentuadas, sem marcos e sem postes indicadores.

Com carinho,
Seu tio, Maldanado

Carta XIII

Meu querido Vermelindo,

Parece-me que você gastou um monte de páginas para contar uma história que na verdade é bem simples e pode ser resumida assim: você deixou o seu paciente escapar por entre os dedos. A situação é muito grave, e realmente não vejo razão para proteger você das consequências da sua ineficiência. Um arrependimento e uma renovação envolvidos naquilo que o outro lado chama de "graça", na escala que você descreve, é uma derrota de primeira ordem. Isso equivaleria a uma segunda conversão — e provavelmente em um nível ainda mais profundo do que a primeira.

Como você deveria saber muito bem, a nuvem asfixiadora que impediu que você atacasse o paciente na sua caminhada de volta do velho moinho é um fenômeno conhecido por todos. Trata-se da arma mais atroz do Inimigo e que geralmente aparece quando ele se manifesta para o paciente sob certas formas ainda não totalmente catalogadas. Alguns humanos estão permanentemente envolvidos por essa presença e são, por isso, inacessíveis a nós.

E agora vamos às suas mancadas. Na sua própria aparição, para começo de conversa, você permitiu ao seu paciente ler um livro que ele realmente apreciava, não para fazer observações inteligentes sobre ele aos seus novos amigos, mas por puro prazer. Em segundo lugar, você lhe permitiu andar até o velho moinho e tomar um chá ali — uma caminhada pelo campo, coisa de que ele realmente gosta, e isso, a sós. Em outras palavras, você permitiu que ele tivesse dois prazeres realmente positivos. Será que você foi tão ignorante a ponto de não ver o perigo disso? É característico das dores e dos prazeres que sejam indubitavelmente reais, e, por isso, dentro de seus limites, dão aos homens que os sentem uma pedra de toque da realidade. Assim, se você tivesse tentado conduzir seu humano à danação pelo método romântico — transformando-o em uma espécie de Childe Harold[1] ou Werther[2] submerso em autocomiseração por tristezas imaginárias — você tentaria protegê-lo a todo o custo de qualquer tipo de sofrimento

---

[1]Personagem que aparece no poema "A peregrinação de Childe Harold", de Lord Byron. [N. T.]

[2]Personagem do livro *Os Sofrimentos do Jovem Werther*, de Goethe; trata-se de um jovem bastante depressivo, que passa por angústias e infortúnios amorosos bastante dolorosos. [N. T.]

real; porque é claro que quaisquer cinco minutos de uma dor de dente genuína revelariam que os sofrimentos românticos não passam de bobagens e desmascarariam todo o seu estratagema. Mas você estava tentando levar seu paciente à danação por intermédio do Mundo, ou seja, empurrando-lhe como prazeres a vaidade, a confusão, a ironia e o tédio dispendioso. Como pôde ter falhado em reconhecer que um prazer *real* era a última coisa que você deveria ter deixado que ele experimentasse? Será que você não previu que isso o faria descartar, por contraste, todas aquelas ninharias que você se esforçou tanto para o ensinar a valorizar? E que o prazer proporcionado pelo livro e pelo passeio foi o tipo mais perigoso de todos? Que isso removeria de sua sensibilidade o tipo de crosta que você esteve empenhado em formar nela e o faria sentir que estava voltando para casa recuperado? Como estratégia para afastá-lo do Inimigo, você quis afastá-lo de si mesmo, e até conseguiu algum progresso nisso. Agora, todos os resultados foram desfeitos.

Evidentemente, eu sei que o Inimigo também deseja fazer os homens distanciarem-se de si mesmos, mas de uma forma diferente. Lembre-se sempre de que ele gosta de verdade do vermezinho humano e atribui um valor absurdo à individualidade de cada um deles. Quando ele fala sobre o fato de eles abrirem mão de si mesmos, só o que deseja deles é que abandonem o clamor da vontade própria; uma vez conseguido isso, ele lhes dá toda a sua personalidade de volta e se gaba (temo que sinceramente) de que quando se tornam totalmente seus, serão mais eles mesmos do que nunca. Portanto, embora tivesse prazer em vê-los sacrificando suas vontades, até mesmo as mais inocentes, em prol da sua, ele detesta vê-los se afastarem de suas próprias naturezas por qualquer outro motivo, e devemos sempre encorajá-los a fazer isso. Os mais profundos gostos e impulsos de qualquer homem são a matéria prima, o ponto de partida com os quais o Inimigo os equipou. Afastá-los disso sempre será, portanto, um ponto ganho; mesmo em questões indiferentes é sempre desejável substituir seus gostos e desgostos pessoais de um humano pelos padrões, pelas convenções ou pela moda do Mundo. Eu mesmo levaria isso muito mais longe. Estabeleceria a regra de erradicar do meu paciente qualquer preferência pessoal forte que não seja realmente um pecado, mesmo se isso for por algo bem trivial como gosto pelo jogo de críquete, ou colecionar selos, ou tomar chocolate quente. Coisas assim, eu lhe garanto, não têm em si nada de virtuoso; mas há nelas um tipo de inocência, humildade e esquecimento de si mesmo que me deixa desconfiado. O homem que aprecia verdadeira e desinteressadamente qualquer coisa no mundo e não dá a mínima para o que as outras pessoas pensam sobre aquilo, estará, por esse preciso fato, previamente armado contra alguns de nossos modos mais sutis de ataque. Você deve sempre tentar fazer o paciente abandonar as pessoas, a comida ou os livros de que ele realmente gosta em favor das "melhores" pessoas, da comida "certa", dos livros "importantes". Conheci um ser humano que se defendeu de tentações fortes de ambição social por meio do gosto ainda mais forte por dobradinha acebolada.

Resta ainda analisarmos como podemos remediar essa desastrosa situação. O que importa é evitar que ele faça qualquer coisa que seja. Enquanto ele não converter isso em ação, não vai importar o quanto ele pense sobre esse novo arrependimento. Deixe o animalzinho bruto revirar-se nesse lamaçal. Faça com que ele, se levar jeito para isso, escreva um livro a respeito do assunto; essa é, muitas vezes, uma forma excelente de tornar estéreis as sementes que o Inimigo planta em uma alma humana. Leve-o a fazer qualquer coisa, exceto agir. Nenhum montante de piedade na sua imaginação e nas suas afeições vai nos prejudicar, desde que a consigamos manter longe de sua vontade. Como disse um dos humanos, os hábitos ativos são reforçados pela repetição, mas os passivos são enfraquecidos. Quanto mais frequentemente ele se sentir inativo, menos estará em condições de agir e, em longo prazo, menos estará em condições de sentir.

Com carinho,
Seu tio, Maldanado

Carta XIV

Meu querido Vermelindo,

O que mais me assustou no seu último relato sobre o paciente é que ele não está tomando nenhuma daquelas resoluções confiantes que marcaram sua conversão original. Nenhuma promessa extravagante de virtude eterna, eu suponho; nem mesmo a expectativa de receber o dom da "graça" para a vida, e sim apenas a de ter esperança de encarar as tentações do aqui e agora diante da insignificância do aqui e agora! Isso é péssimo.

Só vejo uma coisa a fazer no momento. O seu paciente se tornou humilde; você já chamou a atenção dele para esse fato? Todas as virtudes são menos terríveis para nós, se o homem se der conta de que ele as tem, mas isso é especialmente verdadeiro no caso da humildade. Pegue-o no momento em que ele estiver bem pobre de espírito e sugira de modo sutil — e convincente — a seguinte reflexão gratificante: "Por Deus! Como estou sendo humilde!", e quase imediatamente o orgulho — o orgulho de sua própria humildade — irá aparecer. Se ele perceber o perigo desse pensamento e tentar abafar essa nova forma de orgulho, faça com que ele fique orgulhoso de sua tentativa —, e assim por diante, passando pela maior quantidade de estágios quanto for de seu agrado. Mas não tente isso por tempo demais, por medo de despertar seu senso de humor e de proporção, pois, nesse caso, só o que irá fazer é rir da sua cara e ir dormir.

Mas há outras formas promissoras de fixar a atenção dele sobre a virtude da humildade. Por meio dessa virtude, e também por todas as outras, nosso Inimigo quer desviar a atenção do homem de si mesmo para ele e para os seus semelhantes. Toda a humilhação e repulsa de si mesmo foram designados, em longo prazo, única e exclusivamente para esse fim; a menos que eles atinjam esse fim, elas causam pouco prejuízo, e podem até nos fazer bem se mantiverem o homem preocupado consigo mesmo, e, acima de tudo, se o autodesprezo puder ser tomado como ponto de partida para o menosprezo em relação aos outros egos e, assim, para chegar à melancolia, ao cinismo e à crueldade.

Você deve, portanto, ocultar do paciente o verdadeiro fim da humildade. Deixe-o pensar nela não como esquecimento de si, mas como certo tipo de opinião (uma opinião negativa) dos seus próprios talentos e de seu caráter. Suponho que ele deve mesmo ter alguns talentos. Inculque na mente dele a ideia de que a humildade consiste em tentar acreditar que aqueles talentos são menos valiosos do que ele crê que são. Não há dúvida de que eles *são* realmente menos valiosos do que ele acredita, mas não é esse o ponto. A grande jogada é fazê-lo valorizar uma opinião por alguma qualidade diferente da verdade, e, assim introduzir um elemento de desonestidade e *faz de conta* no coração daquilo que, de outro modo, acabaria se tornando uma virtude. Por esse método, milhares de pessoas foram induzidas a pensar que a humildade significa o que sentem mulheres bonitas que tentam crer que são feias, ou os homens inteligentes que tentam acreditar que são tolos. E já que o que estão tentando acreditar pode, em alguns casos, ser um completo absurdo, eles não terão sucesso em acreditar nisso, e essa será a nossa chance de fazê-los quebrar a cabeça num esforço para alcançar o impossível. Se quisermos antecipar a estratégia do Inimigo, temos que levar em conta os seus objetivos. O Inimigo quer levar o homem a um estado de espírito em que ele poderia projetar a melhor catedral do mundo, tendo consciência de que é a melhor, e se alegrar com esse fato, sem estar mais (ou menos), ou, de outra forma, feliz de tê-la construído do que ficaria se a catedral tivesse sido criada por outra pessoa. O Inimigo quer que o homem, no final, seja tão livre de tendenciosidades em proveito próprio, que ele possa regozijar-se com seus próprios talentos de forma tão franca e grata quanto com os talentos de seu semelhante — ou com o nascer do sol, ou um elefante, ou uma cachoeira. Ele quer, em longo prazo, que cada homem esteja em condições de reconhecer todas as criaturas (inclusive a si mesmo) como coisas gloriosas e excelentes. Ele quer matar o amor-próprio animalesco que existe nele o mais rápido possível; mas temo que sua política de longo prazo seja a de restaurar neles um novo tipo de amor-próprio — uma caridade e gratidão por todos os seres humanos, incluindo a eles próprios; quando eles tiverem realmente aprendido a amar cada qual a seu próximo como amam a si mesmos, eles estarão autorizados a se amarem a si mesmos como amam a seus próximos. Pois não devemos nunca esquecer qual é o traço mais repugnante e inexplicável do nosso Inimigo; ele *realmente* ama os bípedes desprovidos de cabelos que criou e sempre devolve com a mão direita o que lhes tira com a esquerda.

Todo o esforço que o Inimigo fará, portanto, será o de levar o homem a deixar de se concentrar no seu próprio valor. O Inimigo preferiria que o homem pensasse em si como um grande arquiteto ou um grande poeta e, depois, esquecesse tudo sobre isso, a que ele gastasse tempo e energia tentando se considerar um mau arquiteto ou um poeta medíocre. Sempre que você se esforçar por instilar ou a vanglória ou a falsa modéstia no seu paciente, isso fará com que o Inimigo, em contrapartida, leve-o a se lembrar do fato óbvio de que um homem nem deveria ter uma opinião sobre os seus próprios talentos, já que ele pode muito bem continuar a aperfeiçoá-los para obter o melhor de sua habilidade, sem decidir sobre qual é o seu lugar no templo da fama. Você deve tentar, a todo o custo, apagar tal lembrete da consciência do seu paciente. O Inimigo também tentará fazer com que o paciente se conscientize de uma doutrina que todos eles professam, mas acham difícil de traduzir em termos de sentimentos — a doutrina de que eles não criaram a si mesmos, que seus talentos são dádivas e que, se não fosse assim, eles também poderiam muito bem ficar orgulhosos da cor de seus cabelos. Mas o objetivo do Inimigo será sempre, e por todos os meios, tentar tirar tais questões da mente do paciente, e o seu será de inculcá-las nela. Nem sobre os próprios pecados cometidos pelo homem o Inimigo sequer deseja que ele pense em demasia: uma vez que ele tenha se arrependido, quanto antes ele deixar de prestar atenção em si mesmo, mais satisfeito fica o Inimigo.

Com carinho,
Seu tio, Maldanado

Carta XV

Meu querido Vermelindo,

É claro que eu notei que os humanos estão vivendo uma calmaria em sua Guerra Europeia — que eles chamam ingenuamente de *"A Grande Guerra"*! — e não me surpreende o fato de que haja uma calmaria correspondente nas angústias do seu paciente. O que será que queremos mais: encorajá-lo nisso ou mantê-lo preocupado? O medo algoz e a confiança tola são ambos estados mentais desejáveis. Nossa escolha entre eles levanta questões importantes.

Os seres humanos vivem no tempo, mas o nosso Inimigo os destinou à eternidade. Creio, portanto, que ele deseja que atentem especialmente para duas coisas: para a eternidade em si e para aquele ponto no tempo que eles chamam de presente, pois o presente é o ponto em que o tempo toca a eternidade. Do momento presente, e dele somente, os humanos têm uma experiência análoga àquela que nosso Inimigo tem da realidade como um todo; somente no presente lhes são oferecidas a liberdade e a realidade. Ele, portanto, quer que eles estejam constantemente interessados na eternidade (o que significa estarem interessados nele) ou no presente — quer meditando sobre a sua união eterna com ele, ou com a separação dele, quer obedecendo à voz que está presente na sua consciência, carregando a cruz atual, recebendo a graça atual, dando graças pelo prazer atual.

Nosso negócio é desviá-los tanto da eternidade quanto do presente. Com isso em mente, às vezes tentamos um humano (digamos, uma viúva ou um estudioso) a viver no passado, mas isso é de valor limitado, pois eles têm algum conhecimento real do passado e este tem uma natureza determinada, o que, até esse ponto, assemelha-se à eternidade. Bem melhor é fazê-los viver no futuro. A necessidade biológica faz com que todas as suas paixões apontem já para essa direção, de modo que o pensamento sobre o futuro sempre inflame a esperança e o medo. Além disso, o futuro é desconhecido para eles, de modo que, fazendo-os pensar sobre isso, nós também os fazemos pensar sobre irrealidades. Em uma palavra, o futuro é, de tudo que se sabe, aquilo que é *menos parecido* com a eternidade. É a parte mais completamente temporal do tempo — pois o passado está congelado e não flui mais, e o presente está todo iluminado por raios eternos. Daí nosso incentivo a todos aqueles esquemas de pensamento tais como a Evolução Criativa, o Humanismo Científico, ou o Comunismo, os quais fazem com que os homens se apeguem ao futuro, ao próprio âmago da temporalidade. Assim, praticamente todos os vícios estão arraigados no futuro. A gratidão olha para o passado e o amor, para o presente; já o medo, a avareza, a luxúria e a ambição têm os olhos no que está por vir. Não pense que a luxúria é exceção. Quando o prazer presente chega, o pecado (que é nosso único interesse) já terá se consumado. O prazer é apenas a parte do processo que nós lamentamos e que excluiríamos se pudéssemos fazê-lo sem pôr o pecado a perder; trata-se da parte que tem a contribuição do Inimigo e, por isso mesmo, é experimentada no presente. O pecado, que é a nossa contribuição, tem os olhos no futuro.

Obviamente, o Inimigo também deseja que o homem pense no futuro — mas apenas o suficiente para planejar *agora* os atos de justiça ou caridade que provavelmente serão o seu dever de amanhã. A tarefa de planejar o trabalho de amanhã é dever de *hoje*; embora o seu material seja emprestado do futuro, o dever, como todos os deveres, está no presente. Mas isso já seria buscar pelo em ovo. O Inimigo não deseja que os homens entreguem o seu coração ao futuro e depositem nele o seu tesouro. Mas nós queremos. O ideal dele é um homem que, tendo trabalhado o dia todo para o bem da posteridade (se essa for a sua vocação), em seguida esquece todo o assunto e confia-o ao Céu, retornando imediatamente ao cultivo da paciência ou à gratidão exigida pelo momento que está enfrentando. No entanto, nós desejamos um homem dominado pelo futuro — assombrado por visões de um Céu ou de um Inferno iminentes sobre a Terra — pronto para quebrar os mandamentos do Inimigo no presente, desde que, com isso, o levemos a pensar que possa alcançar um ou evitar o outro — e dependente, em sua fé, no sucesso ou no fracasso de planos cujo fim ele não viverá o suficiente para conferir. Queremos toda uma raça perseguindo perpetuamente o fim do arco-íris, que nunca seja honesta, nem gentil, nem feliz no *agora*; mas sempre usando toda realidade presente que lhes é oferecida no presente como mero combustível com o qual abastecer o altar do futuro.

Segue-se daí que, em geral, e se não houver imprevistos, é melhor para o seu paciente manter-se cheio de ansiedade ou de esperança sobre essa guerra (não importa muito qual das duas coisas), do que deixá-lo viver no presente. Mas a frase "viver no presente" é ambígua. Ela pode descrever um processo que está tão relacionado ao futuro, quanto a própria ansiedade. O seu homem pode estar despreocupado com o futuro não porque está mais interessado no presente, mas porque está convencido de que o futuro será agradável. Enquanto essa for a causa real de sua tranquilidade, sua calma será de grande proveito para nós, porque ela não passará de um acúmulo de maiores decepções e, por isso, vai causar mais impaciência para ele quando as suas falsas esperanças deixarem de se concretizar. Se, por outro lado, ele estiver consciente dos horrores que o futuro reserva para ele e estiver orando para obter as virtudes e as condições para vivê-las, e nesse meio tempo estiver preocupado com o presente — porque é ali, e somente ali, que todos os deveres, toda graça, todo conhecimento e todos os prazeres habitam —, o seu estado será bem indesejável e deve ser atacado imediatamente. Aqui, novamente, nosso Departamento de Filologia terá feito um bom trabalho; experimente usar a palavra "complacência" com ele. Mas é claro que é mais provável que ele não esteja "vivendo no presente" por nenhuma outra razão senão porque tem boa saúde e gosta do seu trabalho. O fenômeno então seria meramente natural. Em todos os casos, se eu fosse você, daria um basta nisso. Nenhum fenômeno natural está realmente trabalhando para nos favorecer. E, de qualquer forma, por que a criatura *deveria* ser feliz?

Com carinho,
Seu tio, Maldanado

Carta XVI

Meu querido Vermelindo,

Você mencionou de passagem em sua última carta que o paciente continua a frequentar uma igreja, e somente essa, desde que ele se converteu, e que não está completamente satisfeito com ela. Posso saber o que você está tramando? Por que até agora não recebi nenhum relatório seu sobre as causas da fidelidade dele à paróquia. Você percebe que, a menos que essa fidelidade se deva à indiferença, isso é péssimo para nós? Certamente você deve saber que, se uma pessoa não pode ser curada da frequência à igreja, o próximo passo é fazê-la percorrer toda a vizinhança à procura da igreja que mais lhe "agrade", até que ele se torne um degustador ou especialista em igrejas.

As razões são óbvias. Em primeiro lugar, a estrutura congregacional deve sempre ser atacada, porque, uma vez que promove a unidade num espaço físico e não de preferências, ela reúne pessoas de diferentes classes e estruturas psicológicas num tipo de unidade que o Inimigo deseja. O princípio congregacional, por outro lado, transforma muitas igrejas em um tipo de clube e, no fim, se tudo correr bem, em um grupo fechado ou numa facção. Em segundo lugar, a busca por uma igreja que seja "do seu agrado" torna o homem um crítico, quando o que o Inimigo quer é que ele seja um aprendiz. O que o Inimigo espera do leigo que frequenta a igreja é uma atitude que pode, de fato, ser crítica no sentido de rejeitar o que é falso ou inútil, mas que é totalmente acrítica no sentido das atitudes que ele não aprecia — não perdendo tempo em ficar pensando sobre o que rejeita, mas se abrindo de forma receptiva, sem comentários, humilde, a qualquer alimento que esteja sendo oferecido (Você vê por aí o quanto o Inimigo se humilha, o quão pouco espiritual e irremediavelmente vulgar ele é!) Essa atitude, especialmente durante os sermões, cria a condição (mais hostil possível à nossa política) em que verdadeiras trivialidades podem se tornar um real alimento para a alma humana. Praticamente não há sermão ou livro que não seja perigoso para nós, caso seja apreciado nesse espírito. Portanto, faça o favor de se apressar em fazer com que esse idiota visite logo as igrejas circunvizinhas. Seus relatos até o dia de hoje não foram exatamente satisfatórios.

Eu investiguei as duas igrejas mais próximas dele a partir do meu escritório. Ambas têm certas qualidades. Na primeira, o líder é um homem que esteve tanto tempo empenhado em diluir a fé com o intuito de torná-la mais palatável para uma congregação supostamente incrédula e cabeça-dura que agora é ele que choca os irmãos com a incredulidade, e não *vice-versa*. Ele já conseguiu minar o cristianismo de muitos deles. Sua conduta nos cultos também é admirável. A fim de poupar todas as "dificuldades" aos leigos, ele abandonou tanto os salmos do lecionário litúrgico, quanto os do lecionário diário, e agora, mesmo sem perceber, revolve-se infindavelmente em volta de sua pequena esteira de quinze salmos e vinte lições favoritas. Nós estamos, assim, a salvo do perigo de que ele e seu rebanho alcance qualquer verdade com base nas Escrituras que já não lhes seja familiar. Mas quem sabe o seu paciente não é ingênuo o bastante para essa igreja — ou será que é só uma questão de tempo?

Na outra igreja, temos o Rev. Cravo. Os humanos ficam muitas vezes intrigados quando tentam entender a oscilação de suas opiniões — por que num dia ele é quase um comunista e no dia seguinte não está longe de algum tipo de fascismo teocrático; num dia é um escolástico e, no outro, está pronto para negar toda a razão humana; num dia imerso na política e, no dia seguinte, declarando que todos os estados deste mundo estão *igualmente* "sob juízo". Nós, é claro, vemos o fio condutor dessas atitudes, que é o ódio. O homem não consegue pregar qualquer coisa que não tenha sido calculada para chocar, causar sofrimento, intrigar ou humilhar seus pais e amigos. Um sermão que tais pessoas possam aceitar seria para ele tão insípido quanto dissecar um poema. Há também um traço promissor de desonestidade nele; estamos lhe ensinando a dizer: "o ensinamento da igreja é esse ou aquele" quando ele, na verdade, quer dizer: "estou quase certo de ter lido recentemente em Jacques Maritain ou coisa que o valha...". Mas tenho que alertá-lo de que ele tem um defeito fatal: ele crê de verdade. E isso poderá pôr tudo a perder.

Mas há um ponto favorável que ambas as igrejas têm em comum — ambas são igrejas partidárias. Penso que eu o tenha advertido anteriormente de que, se o seu paciente não puder ser mantido fora da igreja, ele deve pelo menos ser intensamente associado a algum grupo de dentro dela. Não estou me referindo a assuntos realmente doutrinários; sobre estes, quanto mais indiferente ele for, melhor. Nós não dependemos essencialmente das doutrinas para gerar hostilidade. A mais pura diversão está em causar o ódio entre aqueles que *dizem* "eucaristia" e aqueles que preferem *dizer* "santa ceia" quando nenhuma das duas partes poderia sequer definir a diferença entre, por exemplo, a doutrina de Richard Hooker e a de Tomás de Aquino de modo consistente. E toda a parafernália puramente indiferente — velas, vestes e coisas do tipo — é um campo admirável para nossas atividades. Nós praticamente removemos da mente dos homens o que aquele camarada pestilento, Paulo, costumava ensinar sobre a comida e outras coisas não essenciais, a saber, que o homem sem escrúpulos deve sempre ceder ao homem dotado de consciência. Supõe-se que eles não pudessem deixar de perceber a aplicação de tudo isso. Era de se esperar que uma pessoa da "baixa" igreja fizesse genuflexão e o sinal da cruz para que a consciência fraca do seu irmão da "alta" igreja não fosse levada à irreverência; e que o irmão da "alta" igreja abdicasse desses exercícios para não levar o seu irmão da "baixa" igreja para a idolatria. E assim teria sido, se não fosse pela nossa labuta incessante. Sem ela, a variedade de usos e costumes dentro da Igreja Anglicana poderia ter se tornado um antro de caridade e de humildade.

Com carinho,
Seu tio, Maldanado

Carta XVII

Meu querido Vermelindo,

A forma desdenhosa com a qual você falou, na sua última carta, da gula como meio para capturar almas só demonstra sua completa ignorância. Um dos grandes feitos dos últimos cem anos foi mortificar a consciência humana quanto a isso, de modo que agora você dificilmente vai encontrar, de norte a sul, leste a oeste da Europa um único sermão ou uma consciência atormentada com esse assunto. Nós causamos esse efeito em grande escala, concentrando todos os nossos esforços na gula da Delicadeza, e não na do Excesso. A mãe do seu paciente, conforme eu posso inferir do seu dossiê, e você deve ter aprendido com Maldadiposo, é um bom exemplo. Ela ficaria surpresa — um dia, espero eu que ela *fique mesmo* — ao descobrir que toda a vida dela foi escravizada por esse tipo de sensualidade, o que lhe passa despercebida pelo fato de as quantidades envolvidas serem pequenas. Mas qual a importância das quantidades, desde que possamos usar o estômago e o paladar humanos para produzir queixumes, impaciência, falta de caridade e egoísmo? Maldadiposo tem essa velha senhora em suas mãos. Ela é um verdadeiro terror para anfitriões e seus empregados. Está sempre rejeitando o que lhe é oferecido, para dizer com uma pequena reverência e sorrisinho sem graça: "Ah, me faz um pequeno favor... por favor... *Tudo* o que eu quero é uma xícara de chá, fraco, mas não fraco demais, e uma minúscula torradinha, bem torrada". Você percebe o que quero dizer? Porque o que ela quer é menor e menos custoso do que o que foi posto no seu prato, ela nunca reconhece como gula a determinação de obter o que quer, por mais trabalho que possa dar aos outros. No exato momento em que satisfaz seu apetite, ela crê que está praticando a temperança. Em um restaurante lotado, ela dá um gritinho sobre o prato que alguma garçonete visivelmente sobrecarregada colocou à sua frente e diz: "Ah, isso é muito mais do que eu posso comer! Leve isso embora e traga quem sabe um quarto disso". Se questionada, ela poderia dizer que estava fazendo isso para evitar o desperdício; na realidade, ela o faz porque a ilusão particular da delicadeza, à qual nós a escravizamos, vê como ofensa a visão de mais comida do que ela desejava.

O valor real do trabalho silencioso e discreto que o Maldadiposo desenvolveu há anos nessa velha senhora pode ser avaliado pelo modo como o estômago dela agora domina toda a sua vida. A mulher está no estado de espírito que pode ser chamado de "tudo-o-que-eu-quero". *Tudo* o que ela quer é uma xícara de chá adequadamente preparada, ou ovos adequadamente fervidos, ou um pedaço de pão adequadamente torrado. Mas ela nunca acha nenhum serviçal ou nenhum amigo que seja capaz de fazer essas coisas simples da forma "apropriada" — porque a noção dela do que é "apropriado" oculta uma demanda insaciável pelos precisos, e quase impossíveis, prazeres palatáveis que ela imagina se lembrar do passado; um passado descrito por ela como "aqueles tempos em que você podia ter bons empregados" mas conhecidos por nós como a época em que os sentidos dela eram mais facilmente satisfeitos e ela tinha prazeres de outros tipos, que a tornava menos dependente daqueles da mesa. Nesse meio tempo, a decepção constante produz um mau humor diário: os cozinheiros acabam pedindo demissão e as amizades esfriam. Se acaso o Inimigo conseguir introduzir em sua mente a mais leve suspeita de que ela manifesta demasiado interesse em comida, Maldadiposo contra-ataca imediatamente, sugerindo-lhe que ela não se importa com o que come, mas que "gosta de ter as coisas bem preparadas para o seu menino". Certamente, essa atitude mesquinha sempre foi uma das fontes principais do desconforto doméstico de seu filho por longos anos.

Acontece que o seu paciente é o filho dela. Por mais que, bem acertadamente aliás, você trabalhasse duro em outras frentes, seria bom fazer uma pequena investida silenciosa com respeito à questão da gula. Sendo o seu paciente um homem, não é provável que ele caia na armadilha do "tudo o que eu quero". Os homens são mais facilmente transformados em glutões com a ajuda da vaidade. Eles devem se achar os maiores especialistas em gastronomia e ficar realizados por terem achado o único restaurante da cidade em que a carne é preparada da forma "apropriada". Aquilo que começa como vaidade pode ser gradativamente transformado em hábito. Mas não importa de que jeito você o aborde, o negócio é submetê-lo a um estado em que a negação de qualquer prazer — seja qual for, champanhe ou chá; *sole Colbert* ou cigarros — acabará por deixá-lo "fora de si", porque, nesse caso, Vermelindo, a caridade, a justiça e a obediência dele estarão todas à sua mercê.

O mero comer em excesso é bem menos valioso do que o apreço pela delicadeza. Seu uso principal é constituir artilharia para os ataques à castidade. Seja quanto a esse ou qualquer outro assunto, mantenha seu homem em constantes condições de falsa espiritualidade. Jamais permita que ele note o aspecto medicinal. Faça com que ele continue se perguntando que tipo de orgulho ou falta de fé o entregou em suas mãos quando uma simples pesquisa sobre o que ele esteve comendo ou bebendo nas últimas vinte e quatro horas mostraria a ele de onde vêm as munições que você dispara — e assim, predispô-lo para uma pequena abstinência, para com isso colocar em xeque todo o seu poder de persuasão. Se ele *tiver mesmo* que pensar no lado medicinal da castidade, faça-o engolir a grande mentira na qual fizemos os humanos ingleses acreditarem: que o exercício físico em excesso e a consequente fadiga são especialmente favoráveis a essa virtude. Como eles podem crer nisso, levantado em conta a notória luxúria dos marinheiros e dos soldados, é uma boa pergunta. Mas nós usamos os professores para vender essa história — pessoas interessadas na castidade apenas como uma desculpa para praticar esportes e que, por isso, recomendavam o esporte como um auxílio à pureza. Mas todo esse negócio é grande demais para tratar no finalzinho de uma carta.

Com carinho,
Seu tio, Maldanado

Carta XVIII

Meu querido Vermelindo,

Mesmo com Remeleca você deve ter aprendido na faculdade a técnica rotineira da tentação sexual e, já que, para nós, espíritos, tais assuntos nos deixam consideravelmente entediados (embora seja necessário como parte de nosso treinamento), não vou falar sobre ele. Mas, quanto às questões mais preocupantes envolvidas nisso, penso que você ainda tenha bastante a aprender.

A exigência que o Inimigo faz aos humanos assume a forma de um dilema: *ou* completa abstinência *ou* monogamia absoluta. Desde a grande vitória do nosso Pai, tornamos a primeira alternativa bem difícil para eles. Já a última, nós a transformamos, nos últimos séculos, numa rota de escape. E o fizemos por meio dos poetas e romancistas, persuadindo os humanos de que uma experiência curiosa e normalmente de curta duração, que eles chamam de "estar apaixonado", seja o único motivo respeitável para o casamento; que o casamento pode e deve fazer com que essa chama seja permanente; e que se um casamento não for capaz de realizar isso, ele não é mais obrigatório. Essa ideia é a nossa paródia da ideia original do Inimigo.

Toda a filosofia do Inferno repousa sobre o reconhecimento do axioma de que uma coisa não seja outra e, especialmente, que um *ser* não seja outro *ser*. Meu bem é meu bem e seu bem é seu bem. O que um ganha, o outro perde. Mesmo um objeto inanimado é o que é ao excluir todos os outros objetos do espaço que ocupa; se ele se expandir, o faz empurrando outros objetos de lado ou absorvendo-os. Um *ser* faz o mesmo. Com os animais, a absorção assume a forma da alimentação; para nós, ela significa que a vontade e a liberdade de um *ser* mais fraco é sugada para fora por outro mais forte. "Existir" significa "estar em competição".

Agora, a filosofia do Inimigo nada mais é do que uma tentativa continuada de escapar dessa óbvia verdade. Ele tem por objetivo uma contradição. As coisas devem ser muitas, ainda que de alguma forma também devem ser uma só. O bem de um *ser* é ser o bem de outro. Ele chama essa impossibilidade de *amor*, e essa mesma panaceia monótona pode ser detectada em todas as coisas que ele faz e até em tudo que ele é — ou alega ser. Assim, ele não fica satisfeito, nem mesmo em si, em ser uma simples unidade aritmética, pois alega ser três e, ao mesmo tempo, um, a fim de que essa bobagem sobre o Amor possa apoiar-se na sua própria natureza. Do outro lado da balança, ele evidencia aquela invenção obscena do organismo, em que as partes são pervertidas do seu destino natural, que é a competição, e são obrigadas a cooperar.

Seu motivo verdadeiro para se fixar no sexo como o método de reprodução entre seres humanos fica bastante evidente pelo uso que ele fez disso. O sexo poderia ter sido, do nosso ponto de vista, algo bem inocente. Ele poderia ter sido meramente mais um modo pelo qual um ser mais forte se aproveitasse de um ser mais fraco — como de fato se dá entre as aranhas, em que a fêmea conclui as suas núpcias comendo o macho. Mas, no caso dos humanos, o Inimigo, por sua graça, associou a afeição entre as partes com o desejo sexual. Ele também fez os filhos dependentes dos pais e deu aos pais um estímulo para cuidar deles — produzindo assim a Família, que é como o organismo, só que pior, pois os membros são mais independentes, mas, ainda assim, estão unidos de uma forma mais consciente. A coisa toda, de fato, revela-se como sendo simplesmente mais um mecanismo para atraí-los para seu manancial de Amor.

Agora vem a grande piada. O Inimigo descreveu um casal unido pelos laços do matrimônio como "uma só carne". Ele não disse que se tratava de "um casal feliz no casamento" ou de "um casal que contraiu núpcias por estar apaixonado", mas você pode fazer os humanos ignorar esse fato. Você também pode fazê-los esquecer que o homem que eles chamam de Paulo não confinou isso a pares *casados*. A simples relação sexual, para ele, torna as pessoas "uma só carne". Desse modo, você pode fazer os humanos aceitarem como elogios retóricos ao "estar apaixonado" o que, na verdade, não passa de uma descrição simples do significado real da relação sexual. A verdade é que, sempre que um homem se deitar com uma mulher, ali, quer queiram, quer não, uma relação transcendental é estabelecida entre eles, que deverá ser eternamente apreciada ou aturada para sempre. A partir da afirmação inconteste de que essa relação transcendental foi criada para gerar — e, se feita de forma obediente, frequentemente *gerará* — a afeição e a família, os humanos podem ser levados a inferir a crença falsa de que a mistura de afeição, medo e desejo, que eles chamam de "estar apaixonado", seja a única coisa que torne um casamento feliz ou sagrado. É bem fácil induzi-los a esse erro, porque o "estar apaixonado" muito frequentemente precede os casamentos que estão nos desígnios do Inimigo na Europa ocidental, ou seja, com a intenção da fidelidade, fertilidade e boa vontade, da mesma forma que a emoção religiosa muitas vezes, mas nem sempre, acompanha a conversão. Em outras palavras, os humanos devem ser encorajados a considerar que a base do casamento é uma versão altamente colorida e distorcida de algo que o Inimigo promete, na verdade, como sendo seu resultado. Seguem-se daí duas vantagens. Em primeiro lugar, os humanos que não têm o dom da continência podem ser demovidos de buscar o casamento como solução pelo simples fato de não estarem "apaixonados" e, graças a isso, a ideia de casar por qualquer outro motivo lhes parecerá baixa e cínica. Sim, eles pensam assim mesmo. Consideram a intenção de lealdade a uma parceria de ajuda mútua para a preservação da castidade e para a transmissão de vida como algo mais desprezível do que um caldeirão de emoções. (Não se esqueça de fazer o seu homem pensar que a cerimônia do casamento é algo muito chato.) Em segundo lugar, qualquer fascínio sexual que seja, contanto que tenha a intenção de casar, será considerado "amor", e este será utilizado como desculpa para qualquer culpa e como proteção de todas as consequências de alguém ter se casado com uma pessoa pagã, tola ou libertina. Mas falaremos mais sobre isso na próxima carta.

Com carinho,
Seu tio, Maldanado

Carta XIX

Meu querido Vermelindo,

Estive pensando profundamente sobre a pergunta que você me fez em sua última carta. Se, conforme eu claramente demonstrei, todos os seres estão em competição, por sua própria natureza, e, portanto, a ideia de Amor do Inimigo de certo modo é uma contradição, o que será da minha advertência reiterada de que ele realmente ama o verme humano e realmente deseja a liberdade e a existência eterna deles? Espero, meu querido rapaz, que você não tenha mostrado as minhas cartas a ninguém. Não que isso importe. Qualquer um veria que a aparente heresia na qual eu caí é puramente acidental. Aliás, espero que você também tenha entendido que eu estava brincando quando fiz algumas referências aparentemente nada elogiosas a Remeleca. Na verdade, tenho grande respeito por ele. E, evidentemente, algumas coisas que eu disse sobre não proteger você das autoridades não devem ser levadas a sério. Você pode confiar em mim para cuidar de seus interesses, no entanto, mantenha tudo trancado a sete chaves.

A verdade é que eu, por puro descuido, cometi o deslize de dizer que o Inimigo ama os seres humanos de verdade. Isso, é claro, é algo impossível. Ele é um ser único, e eles são distintos dele. O bem deles não pode ser o dele. Toda a conversa dele sobre o amor deve ser um disfarce para alguma outra coisa — Ele deve ter algum motivo *real* para tê-los criado e para aguentar o trabalho que eles dão. O motivo pelo qual acabamos falando como se ele realmente tivesse esse amor impossível é nosso fracasso absoluto em descobrir o verdadeiro motivo. O que ele pretende fazer com eles? É uma questão insolúvel. Não vejo nenhum problema em lhe dizer que essa mesma questão foi a causa principal da briga do Nosso Pai com o Inimigo. Quando a criação do homem foi colocada em debate pela primeira vez e quando, mesmo naquele estágio precoce, o Inimigo confessou livremente que previa certo episódio sobre a cruz, Nosso Pai muito naturalmente solicitou uma audiência e pediu uma explicação. O Inimigo não deu resposta, a não ser gerando uma lorota sobre o amor desinteressado que ele tem deixado circular desde então. Naturalmente, isso era inaceitável para o Nosso Pai. Ele implorou para o Inimigo pôr logo as cartas na mesa e deu a ele essa oportunidade, apesar de admitir estar realmente ansioso para saber o segredo. O Inimigo respondeu: "Ah, como eu gostaria que você soubesse". Foi, imagino eu, nesse ponto da conversa que a indignação do Nosso Pai por tamanha falta de confiança sem motivo o fez afastar-se a uma distância infinita da Presença de forma tão súbita que deu origem àquela história ridícula contada pelo Inimigo de que Nosso Pai foi expulso do Céu. Desde então, começamos a perceber por que o Opressor foi tão sigiloso. Seu trono depende desse segredo. Os membros da sua facção frequentemente admitem que, se viermos a entender o que ele quer dizer com amor, a guerra terminaria e nós teríamos de regressar ao Céu. E aí é que está a nossa grande tarefa. Sabemos que ele não pode realmente amar; ninguém pode: isso não faz sentido. Se pudéssemos apenas descobrir o que ele *realmente* está tramando! Hipóteses após hipóteses foram testadas sem que tenhamos descoberto. Contudo, não podemos jamais perder a esperança; mais e mais teorias refinadas, bancos de dados cada vez mais abarrotados, recompensas mais ricas para pesquisadores que fazem progressos, mais e mais punições terríveis para aqueles que falham — tudo isso, buscado com persistência e rapidez até o fim dos tempos, com certeza, não deixará de obter êxito.

Você reclama que a minha última carta não deixa claro se eu considero *estar apaixonado* um estado desejável ou não para um ser humano. Na verdade, Vermelindo, esse é o tipo de pergunta que se espera que *eles* façam! Deixe-os discutindo se o "Amor", ou o patriotismo, ou o celibato, ou as velas nos altares, ou a abstinência do álcool, ou a educação são coisas "boas" ou "más". Você não vê que não há uma resposta? Nada disso importa, exceto a tendência de dado estado de espírito, em dadas circunstâncias, para mover um paciente particular em um dado momento específico, para mais perto do Inimigo ou mais perto de nós. Assim, seria ótimo fazer o paciente optar por considerar se o "Amor" é "bom" ou "mau". Se ele for um homem arrogante que despreza o corpo com base no apreço pelos pequenos prazeres, ainda que tomados equivocadamente por ele como algum tipo de pureza — e alguém que tem prazer em ridicularizar o que a maioria de seus companheiros aprecia — nesse caso, faça com que ele se decida absolutamente contra o amor. Inculque nele um ascetismo arrogante e, depois, quando tiver separado a sexualidade dele de tudo que possa humanizá-lo, faça-a pesar sobre ele de uma forma ainda mais brutal e cínica. Se, por outro lado, ele for um homem emotivo e ingênuo, alimente-o com poetas menores e romancistas de quinta categoria da velha guarda, até que o levemos a acreditar que o "Amor" é irresistível e, de certa forma, meritório. Essa crença não é de grande ajuda, eu lhe garanto, na produção da luxúria ocasional; mas é uma receita incomparável para adultérios prolongados, "nobres", românticos e trágicos, que terminam, se tudo correr bem, em assassinatos e suicídios. Se isso falhar, ao menos poderá ser usada para direcionar seu paciente a um casamento útil. Porque o casamento, embora seja uma invenção do Inimigo, tem a sua utilidade. Deve haver várias jovens na vizinhança que tornariam a vida cristã extremamente difícil para o seu paciente se você for capaz de persuadi-lo a se casar com uma delas. Faça o favor de me enviar um relatório sobre isso na próxima vez que for escrever. Nesse meio tempo, tenha em mente que esse estado de *ficar apaixonado* não é, por si só, necessariamente favorável a nós ou ao outro lado. Trata-se simplesmente de uma ocasião que nós e o Inimigo tentamos explorar. Como a maioria das outras coisas sobre as quais os humanos ficam entusiasmados, por exemplo, a saúde e a doença, a velhice e a juventude, ou a guerra e a paz, estar apaixonado é, do ponto de vista da vida espiritual, nada mais do que matéria-prima.

Com carinho,
Seu tio, Maldanado

Carta XX

Meu querido Vermelindo,

Noto com grande insatisfação que o Inimigo, pelo menos por enquanto, pôs um fim forçado aos seus ataques diretos contra a castidade de seu paciente. Você deveria saber muito bem que ele sempre faz isso no final, e que você deveria ter parado antes de ter alcançado esse estágio. Pois, do jeito que as coisas estão, seu homem descobriu agora a perigosa verdade de que esses ataques não duram para sempre. Consequentemente, você não pode usar de novo o que, afinal de contas, é a nossa melhor arma — a crença dos humanos ignorantes de que não há esperança de se livrar da gente, exceto rendendo-se a nós. Você já experimentou persuadi-lo de que a castidade faz mal à saúde?

Ainda não recebi seu relatório sobre as jovens da vizinhança. Gostaria de recebê-lo o mais rápido possível, pois, se não pudermos usar a sexualidade dele para torná-lo depravado, temos que tentar usá-la para a promoção de um casamento desejável. Nesse meio tempo, gostaria de lhe fornecer algumas dicas sobre o tipo de mulher — quero dizer o tipo físico — por quem ele deve ser encorajado a se apaixonar, se "apaixonar-se" for o melhor que pudermos fazer.

De uma forma rude e imediata, é claro, essa questão será decidida por espíritos posicionados bem mais abaixo que você e eu nos encontramos na *Baixarquia*. A tarefa desses grandes mestres é produzir, em cada época, uma orientação equivocada do que pode ser chamado de "gosto" sexual. Eles fazem isso manipulando o círculo restrito de artistas populares, estilistas e publicitários que determinam o que está na moda. Seu objetivo é guiar cada sexo para longe daqueles membros do sexo oposto com quem eles mais provavelmente contrairiam matrimônios úteis espiritualmente, felizes e férteis. Assim, por muitos séculos, temos triunfado sobre a natureza até o ponto de fazer com que certas características secundárias do homem (tais como a barba) sejam desagradáveis para quase todas as mulheres — e há mais nisso do que você poderia supor. Quanto ao gosto masculino, nós o tornamos bem variado. Certa vez, nós o direcionamos para o tipo aristocrático e escultural de beleza, misturando a vaidade masculina com os seus desejos e encorajando a raça a reproduzir-se essencialmente com as mulheres mais arrogantes e extravagantes. Em outra ocasião, selecionamos um tipo exageradamente feminino, raquítico e lânguido, de modo que o desatino, a covardia e todas as hipocrisias e mesquinharias gerais que o acompanham deveriam ser valorizadas. Atualmente, estamos no rumo inverso. A era do jazz sucedeu a era da valsa, e agora ensinamos os homens a gostarem de mulheres cujos corpos são pouco distinguíveis daqueles que os meninos possuem. Uma vez que esse tipo de beleza é ainda mais transitório que os demais, nós assim agravamos o horror feminino crônico de envelhecer (com muitos resultados excelentes), deixando as mulheres menos desejosas e menos capazes de ter filhos. E isso não é tudo. Nós fomos engenhosos para aumentar a permissividade da sociedade para a representação do nu explícito (não o nu real) na arte e na sua exibição nos palcos ou nas praias. Claro que tudo não passa de uma farsa; as figuras na arte popular são desenhadas de forma falsa; as verdadeiras mulheres em trajes de banho ou em roupas colantes estão, na realidade, exprimidas e modeladas para parecerem mais firmes e esbeltas e mais infantilizadas do que permite a natureza de uma mulher adulta. Entretanto, ao mesmo tempo, o mundo moderno é instruído para acreditar que esteja sendo "franco" e "saudável" e regressando ao seu estado natural. Em consequência disso, estamos direcionando cada vez mais os desejos do homem para algo que não existe — fazendo o papel do visual externo ser cada vez mais importante na sexualidade e, ao mesmo tempo, tornando suas demandas cada vez mais impossíveis de serem realizadas. O que se segue disso é bem previsível!

Essa é a estratégia geral do momento. Mas, diante desse quadro, você ainda conseguirá encorajar os desejos de seu paciente em uma de duas direções. Você vai encontrar, se olhar com cuidado para dentro do coração humano, que ele anda assombrado por pelo menos duas mulheres imaginárias — uma Vênus terrestre e outra, infernal, e que seu desejo difere qualitativamente de acordo com o seu objeto. Há o tipo de mulher que desperta no homem desejos tais que o tornam receptivo ao Inimigo — prontamente misturado com a caridade, prontamente obediente ao casamento e colorido por aquela luz dourada da reverência e da naturalidade que nós detestamos; há outro tipo que ele deseja brutalmente, e que deseja desejar brutalmente, um tipo que é mais bem usado para afastá-lo de vez do casamento, mas que, mesmo dentro do casamento, ele tenderia a tratar como escravo, ídolo ou cúmplice. Seu amor pelo primeiro tipo de mulher poderia envolver o que o Inimigo chama de mal, mas apenas de forma acidental; o desejo do homem é que essa Vênus não seja a esposa de outro, e ele lamentaria muito o fato de não poder amá-la de acordo com a lei. Mas no caso da segunda Vênus, o mal implicado é desejado; é o "sabor picante" que ele está buscando. No rosto, ele busca um traço de animalidade visível, ou de "cara emburrada", ou de malícia, ou de crueldade; e no corpo, algo bem diferente do que ele normalmente chama de beleza, algo que ele pode até, num momento de lucidez, descrever como feiura, mas que, pela nossa arte, pode ser aproveitado para exasperar uma obsessão particular.

A verdadeira utilidade da Vênus infernal é, sem dúvida, servir de prostituta ou amante. Mas se o seu homem for cristão e se tiver sido bem treinado nas bobagens sobre o "amor" irresistível e perdoador, ele pode muitas vezes ser induzido a se casar com ela — isso vale a pena ser provocado. Você terá falhado com relação à fornicação e ao vício solitário, mas há outros métodos mais indiretos de usar a sexualidade do homem para levá-lo à ruína. E, aliás, não são métodos apenas eficientes, mas prazerosos; a infelicidade produzida é de um tipo muito duradouro e requintado.

Com carinho,
Seu tio, Maldanado

Carta XXI

Meu querido Vermelindo,

Sim. Um período de tentação sexual é uma excelente hora para preparar um ataque secundário à irritabilidade do seu paciente. Na verdade, pode até ser o ataque principal, desde que ele pense nele como o secundário. Mas aqui, como sempre, prepare o caminho para o seu ataque moral por meio do obscurecimento do intelecto dele.

As pessoas não ficam enfurecidas como resultado da mera desgraça, mas apenas pela desgraça concebida como afronta. E a sensação de injúria depende do sentimento de que uma reivindicação legítima foi negada. Portanto, quanto mais reclamações em relação à vida seu paciente for induzido a fazer, mais frequentemente ele irá se sentir injuriado, consequentemente, de mau humor. Agora você deve ter notado que nada o lança numa paixão tão fácil do que descobrir que uma parcela de tempo que ele julgava ter à sua disposição lhe é inesperadamente roubada.

É o visitante inesperado (quando ele esperava uma noite tranquila), ou a esposa tagarela de um amigo (que aparece quando ele esperava ter um *tête-à-tête* com o amigo) que o tira do sério. Agora, ele não é ainda tão maldoso ou preguiçoso a ponto de essas pequenas demandas à sua cortesia serem, *em si mesmas*, excessivas para ele. Elas o deixam furioso porque ele se ressente de ter sido roubado do tempo que deveria lhe pertencer. Você deve, portanto, reforçar na mente dele com zelo a convicção curiosa de que "meu tempo pertence a mim". Faça-o ter a sensação de que começa cada dia como o dono legítimo de vinte e quatro horas. Deixe-o perceber como um pesado tributo a porção de sua propriedade que ele teve que entregar ao seu empregador e como doação generosa aquela porção a mais que ele autoriza para os deveres religiosos. Mas ele nunca deve ser autorizado a duvidar de que, de alguma forma misteriosa, ele tenha um direito pessoal de nascença ao montante total do qual essas deduções foram feitas.

Você está diante de uma tarefa bastante delicada aqui. A premissa que você quer que ele continue alimentando é tão absurda que, se ele for questionado, nem mesmo nós poderemos achar uma fração de argumento em sua defesa. O homem não pode produzir nem reter um único momento do tempo; tudo isso vem a ele por puro dom; ele pode muito bem também considerar o Sol e a Lua como suas propriedades pessoais. Ele também está teoricamente comprometido a servir totalmente ao Inimigo; e se o Inimigo lhe aparecesse de forma corpórea e demandasse esse serviço por um dia inteiro, ele não o recusaria. Ele ficaria extremamente aliviado se esse dia não envolvesse nada mais trabalhoso do que dar ouvidos à conversa de uma mulher tola; e ficaria aliviado, quase até o ponto de decepcionar-se, se, por meia hora nesse dia, o Inimigo dissesse: "Agora você pode ir e se divertir". Acontece que, se ele pensar sobre sua premissa por um minuto que seja, até mesmo ele estaria obrigado a reconhecer que, na verdade, ele estaria nessa situação todos os dias. Portanto, quando eu falo de preservar essa premissa em sua mente, a última coisa que espero que você faça é fornecer-lhe argumentos para a defesa desse pressuposto, pois eles não existem. Assim, sua tarefa é puramente negativa. Não deixe que os pensamentos de seu paciente se aproximem minimamente dessa suposição. Envolva-a num véu de escuridão e, no centro desse breu, faça com que o seu senso de propriedade do tempo permaneça silencioso, não aferido e operativo.

Aliás, todo e qualquer sentimento de posse deve ser sempre encorajado. Os seres humanos sempre estão levantando reivindicações de propriedade que soam igualmente engraçadas tanto no Céu como no Inferno, e temos que garantir que mantenham essa atitude. Muito da moderna resistência à castidade vem da crença das pessoas de que elas "são donas" de seus corpos — essas propriedades vastas e perigosas, pulsando com a energia que criou os mundos em que eles estão sem o consentimento deles, e dos quais eles são expulsos ao bel prazer de Outrem! É como se uma criança da realeza fosse posta pelo pai, que é movido por amor, no comando de alguma grande província sob a tutela de conselheiros sábios, e viesse a imaginar que é realmente a proprietária das cidades, das florestas e dos grãos, da mesma forma que ela é dona dos blocos de montar quando está na creche.

Nós produzimos esse sentimento de posse não apenas por meio do orgulho, mas pela confusão. Nós lhes ensinamos a não atentarem para as diferentes conotações do pronome possessivo — as diferenças sofisticadamente gradativas que ocorrem em termos como "minhas botas", para termos como "meu cachorro", "meu servo", "minha esposa", "meu pai", "meu mestre" e "meu país", até "meu Deus". Eles podem ser instruídos a reduzir todos esses sentidos àquele de "minhas botas": o "meu" possessivo. Mesmo na creche, uma criança pode ser educada, ao dizer "meu ursinho", a *não* se referir ao velho objeto de afeição com o qual ele tem uma relação especial (porque é isso que o Inimigo irá ensinar-lhes a querer dizer, se não formos cuidadosos), e sim "o urso que eu posso rasgar em pedaços se me der na telha". E do outro lado da balança, nós ensinamos as pessoas a dizer "meu Deus" em um sentido não muito diferente, na verdade, do que aquele sentido de "minhas botas", querendo dizer "o Deus ao qual eu tenho um direito adquirido por meus serviços excepcionais e que eu exploro do púlpito — o Deus que me supre de tudo que eu desejo".

O mais engraçado é que, por todo esse tempo, a palavra "meu", em seu sentido plenamente possessivo, não pode ser pronunciada por um ser humano a respeito de coisa nenhuma. No longo prazo, ou o Nosso Pai ou o Inimigo é quem vai dizer "meu" para todas as coisas que existem, especialmente para as pessoas, as quais descobrirão, no fim das contas, fique certo disso, a quem pertencem de fato o tempo delas, suas almas e seus corpos — certamente não a *elas mesmas*, independentemente do que aconteça. No que se refere ao presente, o Inimigo diz "meu" para tudo, com base na alegação pedante e legalista de que foi ele quem as criou. Já Nosso Pai espera no final dizer "meu" para todas as coisas com base no fundamento mais realista e dinâmico da conquista.

Com carinho,
Seu tio, Maldanado

Carta XXII

Meu querido Vermelindo,

Ora, ora! Então quer dizer que seu homem está apaixonado — acometido do pior tipo de paixão possível — e por uma garota que nem mesmo aparece no relatório que você me enviou. Talvez seja do seu interesse saber que o pequeno desentendimento com a Polícia Secreta que você tentou causar sobre algumas expressões descuidadas em uma das minhas cartas foi esclarecido. Se você contava com isso para obter os meus favores, está redondamente enganado. Você deverá pagar por isso, da mesma forma que por suas outras mancadas. Nesse meio tempo, eu envio anexo um livreto, que acabou de ser editado, sobre a nova Casa de Correção para Tentadores Incompetentes. Ele é profusamente ilustrado, e tenho certeza de que você vai gostar muito.

Eu analisei o dossiê da garota e estou horrorizado com o que descobri. Ela não apenas é uma cristã, mas uma cristã e tanto — uma moça vil, sorrateira, de sorrisinho afetado, cheia de falsa modéstia, monossilábica, tímida, insossa, insignificante, virginal e ordinária. Um verdadeiro monstro. Ela me dá náuseas. Seu fedor exala pelas páginas do dossiê, que queimam os dedos feito fogo. Fico furioso só de ver o quanto o mundo piorou. Em outras épocas, nós a jogaríamos às feras numa arena. Gente desse tipo foi feita para isso. Não que ela fosse de mais serventia lá também. Uma farsante de duas caras (conheço bem esse tipo) que parece que vai desmaiar se ver sangue, mas que depois é capaz de morrer com um sorriso estampado no rosto. Uma verdadeira fraude. À primeira vista, ela tem aquele olhar inocente, mas ainda assim é capaz de fazer comentários espirituosos e divertidos. O tipo de gente que se divertiria à *minha* custa! Uma hipócrita asquerosa e insípida — e ainda assim pronta a atirar-se nos braços daquele seu paciente idiota como qualquer outro animal reprodutor. Por que o Inimigo não a faz voar pelos ares por conta disso, já que ele é tão fanático pela virgindade, em vez de ficar só olhando lá de cima, sorrindo?

No fundo, ele é um hedonista. Todos aqueles jejuns, vigílias e estacas e cruzes não passam de fachada. Ou como a espuma das ondas do mar. Lá fora, em mar aberto, há prazeres e mais prazeres. Ele não faz segredo disso; na sua mão direita "há prazeres infindáveis". Credo! Não acho que ele tenha a menor ideia desse mistério sublime e austero para o qual despertamos na nossa Visão Miserífica. Ele é vulgar, Vermelindo. Ele tem uma mente burguesa.

Ele encheu o mundo dele de prazeres. Há coisas para as pessoas fazerem o dia todo sem que ele dê a mínima bola — dormir, tomar banho, comer, beber, fazer amor, brincar, orar, trabalhar. Tudo isso tem de ser *corrompido* por nós antes que possa ser de alguma utilidade para a nossa causa. Estamos em uma desvantagem cruel nessa batalha. Nada está naturalmente do nosso lado. (Não que isso seja uma desculpa para *o seu caso*. Vou cuidar de você ainda hoje. Você sempre me odiou e foi insolente quando se atreveu a isso.)

Então, é claro, seu paciente vai conhecer a família da mulher e todo o seu círculo de amizades. Será que você não vê que a própria casa em que ela vive é um lugar onde ele jamais deveria ter entrado? Tudo exala um odor fatal. Até o jardineiro, que trabalha lá faz apenas cinco anos, está começando a absorvê-lo. Até mesmo os convidados, depois de uma visita de fim de semana, carregam um pouco desse cheiro com eles ao irem embora. O cachorro e o gato estão impregnados dele. E a casa é repleta de um mistério impenetrável. Temos certeza (trata-se de uma questão de princípios básicos) de que cada membro da família, de alguma forma, deve estar tirando vantagem dos demais — mas não conseguimos descobrir como. Eles escondem de forma tão ciumenta quanto o faz o próprio Inimigo, o segredo que realmente se esconde por trás dessa pretensão de amor desinteressado. Toda a casa e o jardim são uma vasta obscenidade. Eles carregam uma semelhança insana com a descrição que um escritor humano fez do Paraíso: "as regiões em que só o que existe é vida e, portanto, tudo o que não for música, é silêncio".

Música e silêncio — como eu detesto ambos! Deveríamos ser gratos pelo fato de que, desde que o Nosso Pai entrou no Inferno — embora isso tenha acontecido bem antes do que os humanos, contando em anos-luz, poderiam imaginar —, nenhum milímetro quadrado sequer do Inferno e nenhum momento do tempo do Inferno sucumbiu a qualquer uma dessas forças abomináveis; tudo foi ocupado pelo barulho — barulho, o grande dinamismo, a expressão audível de tudo o que é eufórico, brutal e viril —, o barulho que nos defende dos remorsos tolos, dos escrúpulos desesperadores e dos desejos impossíveis. Vamos acabar tornando o universo todo numa barulheira infernal. Já demos enormes passos nessa direção no que diz respeito à Terra. No fim de tudo, o barulho vai calar as melodias e os silêncios do Céu. Mas admito que não somos ainda barulhentos o bastante, ou algo que chegue perto disso. A pesquisa está em franco progresso. Nesse meio tempo, *você*, vermezinho asqueroso de —

[*Aqui o manuscrito é interrompido e retomado com uma caligrafia diferente.*]

No calor da composição, acho que eu me acabei, inadvertidamente, assumindo a forma de uma grande centopeia. Em vista disso, estou ditando o resto da carta ao meu secretário.

Agora que a transformação está completa, reconheço que este é um fenômeno periódico. Alguns rumores disso alcançaram os ouvidos dos humanos e um relato distorcido disso aparece no poeta Milton, com o acréscimo ridículo de que tais mutações são uma "punição" imposta a nós pelo Inimigo. Um escritor mais moderno — alguém chamado Pshaw[1] *ou sei lá o que, entretanto, conseguiu captar a verdade. A transformação procede a partir de dentro e é uma manifestação gloriosa da Força Vital que Nosso Pai iria adorar se ele não adorasse apenas a si próprio. Na minha forma presente, eu fico ainda mais ansioso por vê-lo, por atá-lo a mim num indissolúvel abraço.*

(Assinado) Tortavoz
Em nome de sua Sublimidade Abismal,
Subsecretário Maldanado

[1]Alusão de C. S. Lewis ao famoso dramaturgo e romancista britânico George Bernard Shaw (1856-1950), cujas ideias acerca da Força Vital — que estão ligadas ao elã vital de Henri Bergson — são debatidas e criticadas em diversos dos escritos de Lewis. [N. E.]

Carta XXIII

Meu querido Vermelindo,

Por intermédio dessa moça e da família asquerosa dela, o paciente está agora conhecendo mais cristãos a cada dia que passa, e, pasmem, cristãos muito inteligentes também. Será quase impossível *afastar* a espiritualidade da vida dele por tempo prolongado. Pois bem, então vamos *corrompê-lo*. Não há dúvida de que você já se transformou várias vezes em um anjo de luz como um mero exercício de exibicionismo. Agora está na hora de fazê-lo diante do Inimigo. O Mundo e a Carne falharam conosco; um terceiro Poder permanece, e o sucesso desse terceiro tipo é o mais glorioso de todos. No Inferno, um santo corrompido, um fariseu, um inquisidor ou um mágico, qualquer deles é um passatempo melhor para nós do que um tirano ou um pervertido comum.

Analisando os novos amigos do seu paciente, penso que o seu melhor ponto de ataque seja a fronteira entre a teologia e a política. Vários dos novos amigos que ele fez estão bem ligados às implicações sociais da religião deles. Isso, por si só, é muito ruim, mas podemos tirar vantagem disso.

Você vai descobrir que uma boa parte dos escritores políticos cristãos pensa que o cristianismo começou desde muito cedo a tomar o rumo errado e a abandonar a doutrina de seu fundador. Devemos usar essa ideia para encorajar novamente o conceito de um "Jesus histórico", que só será encontrado depois de expurgarem os "acréscimos e as perversões" posteriores, para depois ser contrastado com toda a tradição cristã. Na geração passada, promovemos a construção de um tal "Jesus histórico" em linhas humanitárias e liberais; agora, estamos estimulando um novo "Jesus histórico" em termos marxistas, catastróficos e revolucionários. As vantagens dessas construções, que pretendemos mudar a cada trinta anos mais ou menos, são múltiplas. Em primeiro lugar, todas tendem a direcionar a devoção do homem a algo que não existe, pois todo "Jesus histórico" é a-histórico. Os documentos dizem o que dizem e pronto, e nada pode ser acrescentado; cada novo "Jesus histórico", portanto, deve ser extraído deles por supressão de um ponto e exagero de outro, e por esse tipo de suposição (*brilhante* é o adjetivo que lhes ensinamos a aplicar a isso) na qual ninguém apostaria cinquenta centavos na vida real, mas que é o suficiente para produzir um monte de novos Napoleões, novos Shakespeares e novos Swifts na lista de lançamentos das editoras. Em segundo lugar, cada uma dessas construções situa a importância de seu Jesus histórico com base em alguma teoria peculiar, supostamente promulgada por ele. O "Jesus histórico" tem que ser um "grande homem" no sentido moderno da palavra — alguém que se coloca no fim de uma linha de raciocínio centrífuga e desequilibrada —, uma manivela que vende uma panaceia. Assim, o negócio é distrair a mente do ser humano daquilo que ele é e daquilo que ele fez. Primeiro, fazemos dele tão somente um mestre, e depois ocultamos o acordo bastante substancial entre seus ensinamentos e aqueles de todos os outros grandes mestres morais, pois não se deve permitir aos humanos notar que todos os grandes moralistas são enviados pelo Inimigo não para informar as pessoas, mas para relembrá-las, para reafirmar as obviedades morais primordiais, apesar de nosso esforço constante para ocultá-las. Nós criamos os sofistas: ele levanta um Sócrates para responder a eles. Nosso terceiro objetivo, por meio desse tipo de interpretação, é destruir a vida devocional, substituindo a presença real do Inimigo, que pode ser experimentada pelos homens na oração e no sacramento, por uma figura meramente imaginativa, remota, sombria e boçal, de uma pessoa que falou uma língua estranha e morreu há muito tempo. Tal objeto, com efeito, não deveria ser adorado. Em vez de o Criador sendo adorado pela criatura, você logo terá meramente um líder aclamado por um militante, e, por fim, um personagem ilustre aprovado por um historiador meticuloso. E, em quarto lugar, apesar de o

Jesus que ela retrata ser a-histórico, a religião desse tipo é falsa, em termos históricos, noutro sentido. Nenhuma nação, e poucos indivíduos, são realmente levados para o campo do Inimigo simplesmente pelo estudo histórico da biografia de Jesus enquanto tal. Na verdade, os fatos necessários para o registro de uma biografia completa foram negados aos seres humanos. Os primeiros convertidos foram convertidos por causa de um único fato histórico (a Ressurreição) e uma única doutrina teológica (a Redenção), operando em um sentido do pecado que eles já cometiam — e pecado não contra alguma nova lei da moda, produzida como uma novidade por um "grande homem", mas contra a velha, trivial e universal lei moral que eles aprenderam com suas amas e mães. Os "Evangelhos" vieram mais tarde e não foram escritos para formar cristãos, mas para edificar os cristãos já formados.

O "Jesus histórico", portanto, por mais perigoso que isso possa parecer para nós em algum momento específico, deve ser incentivado sempre. Quanto à ligação geral entre cristianismo e política, nossa posição é um pouco mais delicada. Certamente, não queremos que os homens permitam que o seu cristianismo transborde para a sua vida política, pois o estabelecimento de qualquer coisa parecida com uma sociedade realmente justa seria um desastre de grandes proporções. Por outro lado, nós de fato desejamos, e desejamos ardentemente, fazer com que as pessoas tratem o cristianismo como um meio; preferencialmente, é claro, como um meio para o seu próprio benefício, mas, se isso falhar, como meio para qualquer outro fim — até mesmo para a justiça social.

A coisa a se fazer é levar o homem a valorizar, em primeiro lugar, a justiça social como uma demanda do Inimigo e, depois, fazer o homem chegar ao estágio no qual ele valorizará o cristianismo porque este pode gerar a justiça social; pois o Inimigo não deseja ser usado como mera conveniência. Pessoas ou nações que pensam que podem reavivar a fé para criar uma sociedade boa, poderiam achar, no mesmo sentido, que elas podem usar as estrelas do céu como um atalho para a drogaria mais próxima. Felizmente, é bem fácil manipular os seres humanos para entrarem nessa. Hoje mesmo topei com um trecho na obra de um escritor cristão em que ele recomenda a sua própria versão do cristianismo com o fundamento de que "apenas uma fé assim pode sobreviver à morte de velhas culturas e ao nascimento de novas civilizações". Você vê a pequena brecha? "Acredite nisso não porque seja verdade, mas por alguma outra razão." Esse é o jogo.

Com carinho,
Seu tio, Maldanado

Carta XXIV

Meu querido Vermelindo,

Estive em contato com Desordemo, que é responsável pela namorada de seu paciente, e começo a ver a brecha na armadura dela. Trata-se de um pequeno e discreto vício que ela compartilha com quase todas as mulheres que cresceram em um círculo de pessoas inteligentes, unidas por uma crença claramente definida. Consiste na pressuposição bastante despreocupada de que os que estão de fora e não compartilham dessa crença são, com efeito, bastante estúpidos e ridículos. Os homens, que costumam encontrar-se com tais pessoas que estão de fora, não se sentem da mesma maneira; a autoconfiança deles, quando existe, é de outro calibre. A dela, que ela supõe advir da fé, é, em grande medida, consequência dos ares que ela respira nas redondezas. Na verdade, não é nada muito diferente daquela convicção que ela teria sentido aos dez anos de idade de que o tipo de facas para cortar peixes, que eram usadas na casa de seu pai, seriam do tipo mais adequado, normal, ou "real", ao contrário daquelas que eram usadas pelas famílias da vizinhança, que não eram de fato, para ela, "facas próprias para cortar peixe". Agora, o aspecto de ignorância e de ingenuidade em tudo isso é tão grande, e o aspecto de orgulho espiritual tão pequeno, que nos dá pouca esperança em relação à garota. Mas você já pensou sobre como isso pode ser usado para influenciar o seu próprio paciente?

É sempre o principiante quem exagera. A pessoa que ascendeu na sociedade é excessivamente refinada, o jovem estudante é pedante. Nesse novo círculo, o seu paciente é um principiante. Dia após dia, ele está ali presenciando uma vida cristã cotidiana de uma qualidade que ele nunca antes imaginou, que enxerga por meio de um óculos cor-de-rosa porque está apaixonado. Ele está ansioso (na verdade, é o Inimigo que o está comandando) para imitar essa qualidade. Será que você conseguiria levá-lo a imitar esse *defeito* de sua amada e a exagerar isso, a ponto de fazer o que era venial nela tornar-se nele o mais belo dos vícios — o orgulho espiritual?

As condições parecem ideais. O novo círculo de amizades dele é um grupo do qual ele está querendo ficar orgulhoso por outros motivos além do cristianismo. Trata-se da sociedade mais bem educada, mais inteligente, mais agradável que ele já encontrou. Ele também está um tanto iludido quanto ao lugar que ocupa nela. Sob a influência do "amor" ele ainda pode pensar que é indigno da moça, mas está rapidamente parando de se achar indigno dos demais. Ele não tem noção das concessões que lhe fazem por causa do carinho que eles demonstram com o novo membro da família. Nem em sonho ele imaginaria que suas conversas e suas opiniões são reconhecidas por eles como meros ecos das conversas e das opiniões deles mesmos. E ele sequer suspeita de que o prazer de que ele usufrui com esse povo seja, para ele, decorrência da energização erótica que a garota espalha ao seu redor. Ele pensa que gosta da conversa e do estilo de vida deles por causa de alguma semelhança entre o próprio estado de espírito e o deles, quando, na verdade, eles estão tão acima dele e, portanto, se ele não estivesse apaixonado, estaria meramente intrigado e se sentiria repelido por muito do que ele agora aceita. Ele é como um cachorro que imagina que entende de armas de fogo só porque o seu instinto de caça e amor pelo mestre o capacitam a apreciar um dia de caça!

Aí está a sua chance. Enquanto o Inimigo, por meio do amor sexual e de pessoas muito agradáveis e bastante avançadas em seu serviço, dirige o jovem bárbaro a níveis que ele nunca teria alcançado de outra forma, você deve fazê-lo sentir-se como se estivesse encontrando o seu *próprio* nível — que essas pessoas são o "seu tipo" e que, vindo para o meio delas, ele esteja em casa. Quando ele se despede deles para se juntar a outro grupo, será tedioso; em parte porque qualquer grupo social ao seu alcance é, de fato, menos divertido, ainda mais porque ele vai sentir falta do encantamento da jovem. Você deve instruí-lo a confundir esse contraste entre o círculo que lhe dá prazer e o círculo que o entedia com o contraste entre cristãos e incrédulos. Ele deve ser levado a sentir (mas é melhor que não transforme o sentimento em palavras) "o quanto nós, cristãos, somos diferentes". E por "nós, cristãos", ele deve querer dizer, com efeito, mas sem que ninguém saiba, "meu grupo"; e por "meu grupo" ele não deve querer dizer "as pessoas que, em sua caridade e humildade, me aceitaram", mas "as pessoas com quem eu me associo por direito".

O sucesso consiste aqui em confundi-lo ao máximo. Se você tentar torná-lo explícita e declaradamente orgulhoso de ser um cristão, provavelmente irá fracassar; as advertências do Inimigo contra isso são conhecidas demais. Se, por outro lado, você deixar cair por terra a ideia de "nós cristãos" e simplesmente deixá-lo complacente com o "seu grupo", você não produzirá o verdadeiro orgulho espiritual, e sim mera vaidade social que, por comparação, é um pecadozinho de nada. O que você deseja é alimentar uma mistura de pensamentos autoelogiosos que o mantenham ocupado demais para lhe permitir levantar a questão "Sobre *o que* exatamente estou me congratulando?". A ideia de pertencer a um círculo íntimo, de estar em uma fraternidade secreta, é muito doce para ele. Aproveite-se disso. Ensine-o, usando a influência dessa menina quando ela estiver nos momentos de rara tolice, a adotar um ar de *diversão* à custa das coisas que o incrédulo diz. Algumas teorias com as quais ele pode topar nos círculos cristãos modernos podem se provar muito úteis aqui; teorias, quero dizer, que depositam a esperança de bem da sociedade em algum círculo íntimo de "clérigos", alguma minoria de teocratas. Não se trata de problema seu descobrir se essas teorias são verdadeiras ou falsas; a grande coisa é tornar o cristianismo uma religião do mistério em que ele se sinta um dos iniciados.

Por favor, não encha as suas cartas com bobagens sobre a Guerra europeia, cujas implicações finais serão, no final das contas, importantes, mas isso é matéria para o Alto Comando. Não estou minimamente interessado em saber quantas pessoas foram mortas por bombas na Inglaterra. Se eu quiser saber em que estado de espírito morreram, basta-me consultar os arquivos do lado de cá. Que eles morreriam algum dia, eu já sabia. Por favor, mantenha o foco no seu trabalho.

Com carinho,
Seu tio, Maldanado

Carta XXV

Meu querido Vermelindo,

O verdadeiro problema dessas companhias com as quais o seu paciente convive é que são *simplesmente* cristãs. Todos eles têm interesses individuais, é claro, mas o laço que os une continua sendo o cristianismo puro e simples. O que desejamos, se os seres humanos tiverem que se tornar cristãos, é mantê-los no estado mental que eu chamei de "cristianismo e...". Você me entendeu — cristianismo e a crise, cristianismo e a nova psicologia, cristianismo e a nova ordem mundial, cristianismo e a cura pela fé, cristianismo e a pesquisa psíquica, cristianismo e o vegetarianismo, cristianismo e a reforma ortográfica. Se não houver como evitar que eles se tornem cristãos, ao menos faça com que sejam cristãos com um desses diferenciais. Substitua a própria fé por alguma moda com colorido cristão. Trabalhe em cima do horror que eles sentem à "mesma coisa de sempre".

O horror à "mesma coisa de sempre" é uma das paixões mais valiosas que produzimos no coração humano — uma fonte infindável de heresias na religião, de desatino no aconselhamento, de infidelidade no casamento e de inconstância na amizade. Os seres humanos vivem no tempo e experimentam a realidade de forma sequencial. Para vivenciar essa realidade de forma intensiva, portanto, eles devem experimentar muitas coisas diferentes. Em outras palavras, eles devem experimentar a mudança. E como eles têm necessidade de mudar, o Inimigo (sendo, no fundo, um hedonista) tornou a mudança algo prazeroso para eles, da mesma forma que tornou o ato de comer prazeroso. Mas já que ele não deseja que eles façam das mudanças ou do ato de comer um fim em si, contrabalançou o desejo pela mudança neles com o amor pela permanência. Ele idealizou satisfazer ambos os gostos no mundo que criou por meio dessa união entre mudança e permanência que ele chamou de ritmo. Ele lhes dá as estações do ano, cada estação sendo diferente da outra e, ainda assim, sendo a mesma todos os anos, de modo que a primavera sempre é percebida como uma novidade e, ainda assim, como a recorrência de um tema imemorial. Ele dá à sua Igreja o ano litúrgico; eles alternam os jejuns e os banquetes, mas se trata sempre do mesmo banquete que o anterior.

Agora, da mesma forma que destacamos e exageramos o prazer de comer para produzir a gula, também destacamos esse prazer natural pela mudança e o distorcemos para transformá-lo em uma demanda absoluta pela novidade. Essa demanda é obra inteiramente nossa. Se negligenciarmos nosso dever, os homens não serão apenas satisfeitos, mas transportados pela mistura de novidade e de familiaridade dos flocos de neve *deste* mês de janeiro, do nascer do sol *desta* manhã, do pudim *deste* Natal. As crianças, pelo menos se influenciarmos em sua educação, ficarão perfeitamente contentes com uma sazonal rodada de jogos onde jogar bolinha de gude é seguido de pular amarelinha, com a mesma regularidade com que o verão é seguido pelo outono. Somente por nossos esforços incessantes é que a demanda por mudança infinita ou arrítmica continua sendo mantida viva.

Essa demanda é valorosa em vários sentidos. Em primeiro lugar, ela diminui o prazer ao mesmo tempo que aumenta o desejo. O prazer da novidade é, por sua própria natureza, mais sujeito do que qualquer outro à lei da redução de retornos. Além disso, a novidade contínua custa dinheiro, de modo que o desejo vai então enunciar a avareza ou a infelicidade ou ambos. E, mais uma vez, quanto mais voraz for esse desejo, mais cedo ele tende a esgotar as fontes inocentes de prazer e passar para aquelas que o Inimigo proíbe. Assim, exacerbando o horror da "mesma coisa de sempre", recentemente talvez tenhamos tornado as artes, por exemplo, menos perigosas para nós do que jamais tenham sido, decorrendo daí o fato de os artistas mais refinados e os de apelo mais popular serem igualmente atraídos todos os dias para excessos revigorantes de lascívia, de desmotivação, de crueldade e de orgulho. Finalmente, o desejo pela novidade é indispensável se quisermos produzir modas ou tendências.

O uso de modas nos pensamentos é para distrair a atenção dos homens de seus verdadeiros perigos. Direcionamos as reivindicações "da moda" de cada geração contra aqueles vícios em que ela menos corre o risco de incorrer, e fazemos com que eles aprovem a virtude mais próxima daquele vício que estamos tentando tornar endêmico. O jogo é mantê-los correndo por aí com extintores de incêndio sempre que houver uma inundação, e fazer com que todos se aglomerem e corram para o lado do navio que está a ponto de afundar. Assim, fizemos com que ficasse na moda expor os perigos do entusiasmo excessivo na mesma época em que eles todos estejam, na verdade, se tornando mundanos e mornos demais; um século mais tarde, quando os tivermos feito se tornar reais seguidores de Byron e bêbados de emoção, o clamor em voga será direcionado contra os perigos da mera "compreensão". Os anos cruéis ficam em estado de alerta contra o sentimentalismo; os irresponsáveis e preguiçosos, contra tudo o que os dignifica; os lascivos, contra o puritanismo; e sempre que todas as pessoas estiverem, com efeito, dando enormes passos para se tornar escravos ou tiranos, faremos do liberalismo o principal bicho-papão.

Mas o maior triunfo de todos é elevar esse horror pela "mesma coisa de sempre" ao status de uma filosofia, de modo que as bobagens intelectuais possam reforçar a corrupção da vontade. É aqui que o caráter genericamente evolucionário ou histórico do pensamento moderno europeu assume um papel tão útil (em parte, obra nossa). O Inimigo ama obviedades. De acordo com o seu plano de ação, ele quer que as pessoas, até onde vejo, façam perguntas bem simples: "É justo? É prudente? É possível?" Agora, se pudermos fazer com que persistam perguntando: "Isso está de acordo com a tendência geral do nosso tempo? É progressista ou é reacionário? É para essa direção que a história caminha?", eles vão negligenciar as questões relevantes. E as perguntas que eles *realmente* fazem obviamente não são respondíveis, pois eles não conhecem o futuro, e o que o futuro lhes reserva depende, em grande medida, precisamente dessas escolhas que os homens querem fazer com a ajuda das previsões futurísticas. A consequência disso é que, enquanto as suas mentes estão vagando nesse vácuo, temos melhores chances de entrar e amarrá-las à ação que *nós* decidimos que realizem. E uma grande obra já foi concretizada. Outrora, eles tinham consciência de que algumas mudanças foram feitas para melhor, outras para pior, e outras ainda não faziam a menor diferença. Afastamos esse conhecimento em grande escala, pois substituímos o adjetivo descritivo "imutável" pelo adjetivo emocional "estagnado". Nós os treinamos para pensar no futuro como uma terra prometida, reservada aos heróis privilegiados — não como algo que todos conseguem fazer no espaço de tempo de sessenta minutos por hora, seja o que for que se faça e de quem sejam.

Com carinho,
Seu tio, Maldanado

Carta XXVI

Meu querido Vermelindo,

Sim, o namoro é a época certa para plantar aquelas sementes que, dez anos mais tarde, irão se transformar em ódio doméstico. Os humanos podem ser induzidos a confundir o encantamento que vem do desejo insatisfeito com os resultados da caridade. Tire vantagem da ambiguidade no sentido da palavra "amor": deixe-os na ilusão de que resolveram os problemas pelo amor, quando, na verdade, eles só desistiram deles ou os postergaram sob influência do encantamento. Enquanto esse estado de coisas durar, você terá a sua chance de fomentar os problemas em segredo e torná-los crônicos.

O grande obstáculo é a "abnegação". Note, mais uma vez, o trabalho admirável do nosso Departamento Filológico em substituir a caridade positiva do Inimigo pela abnegação negativa. Graças a isso, você pode, desde o início, ensinar um homem a renunciar os próprios direitos, não para que os outros sejam felizes, mas para que ele possa ser abnegado ao renunciar a eles. Isso é uma grande vantagem. Outra coisa que é de grande ajuda, onde as partes interessadas são tanto homens quanto mulheres, é a divergência de visões sobre a abnegação que construímos entre os sexos. Uma mulher entende por abnegação essencialmente assumir as dores dos outros; já um homem, não provocar dores nos outros. Em consequência disso, uma mulher que alcançou estágio avançado no serviço ao Inimigo irá se tornar um incômodo em escala maior do que qualquer homem, exceto aqueles que o Nosso Pai dominou completamente; e, por sua vez, um homem terá que viver muito tempo no campo do Inimigo para ser tão espontâneo em agradar aos outros quanto uma simples mulher é capaz de fazer todos os dias. Assim, enquanto a mulher pensa em prestar bons serviços e o homem, em respeitar os direitos dos outros, cada sexo, sem ter qualquer razão óbvia para isso, pode considerar o outro, e o faz de fato, como absolutamente egoísta.

Além dessas confusões, você pode introduzir mais algumas. O encanto erótico produz uma complacência mútua, em que cada um fica *realmente* satisfeito em ceder aos desejos do outro. Eles também sabem que o Inimigo demanda deles um grau de caridade que, se alcançado, iria resultar em ações similares. Você tem que fazê-los estabelecerem como lei, para toda a sua vida conjugal, aquele grau de autossacrifício mútuo que está presentemente desabrochando com naturalidade do encanto, mas que, quando o encanto se dissipar, eles não terão caridade suficiente para exercitar. Eles não reconhecerão a armadilha, já que estão debaixo da dupla cegueira de confundir a excitação sexual com a caridade e de pensar que a excitação vá durar.

Uma vez que um tipo de abnegação oficial, legal e nominal tiver sido estabelecido como regra — uma regra cuja manutenção exauriu todos os recursos emocionais, enquanto os recursos espirituais ainda não se desenvolveram —, isso levará a resultados prazerosos. Ao discutirem qualquer ação conjunta, torna-se obrigatório que A discuta em favor dos supostos desejos de B e contra os seus próprios desejos, ao passo que B faz o contrário. Muitas vezes, é impossível descobrir os verdadeiros desejos de qualquer uma das partes; com sorte, eles acabam fazendo algo que nenhum dos dois desejava, enquanto cada um sente uma fagulha de orgulho e abriga uma reivindicação secreta por um tratamento preferencial pela abnegação demonstrada e uma ojeriza secreta contra o outro pela facilidade com que o sacrifício foi aceito. Mais tarde, você pode se aventurar no que podemos chamar de Ilusão de Conflito Generoso. Esse jogo é mais bem jogado com mais de dois jogadores; numa família com dois filhos adultos, por exemplo. Algo muito trivial, como tomar café no jardim, é proposto. Um membro fica responsável por deixar bem claro (embora sem muitas palavras) que ele preferiria não tomar o chá, mas é claro que está preparado a fazer isso por "abnegação".

Os outros, instantaneamente, desistem da proposta, de forma a ostentar a sua própria "abnegação", mas, na verdade, somente porque não querem ser usados como um tipo de receptáculo no qual o primeiro falante deposita suas moedinhas de abnegação. Mas ele também não vai desistir fácil de sua orgia de abnegação e insiste em fazer "o que os outros querem". Por sua vez, eles insistem em fazer o que ele quer. Os ânimos se acirram. Logo, alguém estará dizendo: "Muito bem, então, não vou tomar chá coisa nenhuma!", e o que ocorre é uma verdadeira briga cheia de ressentimentos amargos de ambos os lados. Você percebe como isso acontece? Se cada lado estivesse brigando com franqueza por aquilo que realmente deseja, eles teriam permanecido nos limites da razão e da cortesia; mas só porque a contenda foi invertida e cada lado está lutando pela causa do outro, toda a amargura que realmente flui da presunção e da obstinação frustrada e das ojerizas acumuladas dos últimos dez anos é encoberta pela "abnegação" nominal ou oficial ou, pelo menos, usa a abnegação como desculpa. Cada parte, com efeito, está bem consciente da qualidade barata da abnegação do adversário e do falso posicionamento que ele está tentando forçá-los a assumir; mas cada um dá um jeito de se sentir inculpável e manipulado, com toda desonestidade que uma pessoa possa naturalmente adotar.

Um ser humano sensível disse certa vez: "Se as pessoas soubessem o quanto a abnegação causa incômodo nas pessoas, ela não seria recomendada do púlpito com tanta frequência" e, noutra ocasião, disse: "Ela é o tipo de mulher que vive para os outros — você pode notar pela expressão assustada dela". É possível dar início a tudo isso ainda no período de namoro. Muitas vezes, um pouco de egoísmo *real* da parte do seu paciente é menos eficaz para garantir a sua alma, em longo prazo, do que os primeiros princípios daquela abnegação autoconsciente e elaborada que um dia pode vir a florescer no tipo de coisa que acabei de descrever. Certo grau de falsidade mútua e alguma surpresa pelo fato de a garota nem sempre notar o quanto ele está sendo abnegado já pode ser contrabandeado para dentro do relacionamento.

Cuide dessas coisas e, acima de tudo, não deixe os jovens tolos notá-las. Se perceberem, eles estarão no caminho de descobrir que o "amor" não é suficiente, que a caridade que eles ainda não alcançaram está sendo demandada e que nenhuma lei externa pode suprir o seu lugar. Tomara que Desordemo possa fazer algo para sabotar o senso de ridículo daquela jovem.

Com carinho,
Seu tio, Maldanado

Carta XXVII

Meu querido Vermelindo,

Parece que você não está muito bem empenhado no momento. Usar o "amor" dele para impedir que ele pense no Inimigo é uma medida óbvia, mas você mostra que faz péssimo uso disso quando diz que essa questão da distração e das divagações do seu paciente se tornaram agora um dos principais assuntos das orações dele. Isso significa que você fracassou em grande escala. Quando essa ou qualquer outra distração passa pela cabeça dele, você deve encorajá-lo a descartar tudo com base na pura força de vontade e a continuar orando normalmente como se nada tivesse acontecido; uma vez que ele aceite a distração como seu problema atual e coloque *isso* diante do Inimigo, e faça dela o tema central de suas orações e de seus esforços, então, longe de fazer algo bom, você estará nos prejudicando. Qualquer coisa, até mesmo um pecado que tenha o efeito total de trazê-lo para perto do Inimigo, volta-se contra nós em longo prazo.

Uma linha de ação promissora é a seguinte: Agora que ele está apaixonado, uma nova ideia de alegria *terrena* surgiu na mente dele: e, assim, uma nova urgência em suas orações puramente peticionais — sobre essa guerra e outros assuntos semelhantes. Agora é a hora de levantar dificuldades intelectuais quanto à oração desse tipo. A falsa espiritualidade deverá sempre ser encorajada. Pelo motivo aparentemente piedoso de que "o louvor e a comunhão com Deus são a oração verdadeira", os humanos podem ser facilmente induzidos a uma desobediência direta ao Inimigo que (do modo que é típico dele, ou seja, de modo vulgar, desinteressante e monótono) lhes disse definitivamente para orar por seu pão diário e pela recuperação de seus doentes. Você vai, é claro, ocultar-lhe o fato de que a oração pelo pão diário, interpretada num "sentido espiritual", é, com efeito, tão toscamente peticionária quanto seria em qualquer outro sentido.

Mas já que o seu paciente contraiu o péssimo hábito da obediência, ele provavelmente vai continuar a fazer esse tipo de oração "tosca", não importa o que você faça. Logo, você deve preocupá-lo com a suspeita assombrosa de que essa prática é absurda e não traz nenhum resultado objetivo. Não esqueça de usar o argumento "cara ou coroa". Se aquilo pelo que ele está orando não acontecer, então, isso será mais uma prova de que as orações peticionais não funcionam; se acontecer, ele irá, é claro, estar em condições de ver algumas das causas físicas que levaram a isso, e, "portanto, isso teria acontecido de qualquer jeito". Assim, ambas, a oração respondida e a negada, se tornam uma prova excelente de que as orações são de fato ineficazes.

Você, sendo um espírito, achará difícil entender como seu paciente consegue se confundir assim. Mas se lembre de que ele dá como certo que o tempo é uma realidade suprema. Ele supõe que o Inimigo, da mesma forma que ele mesmo, vê algumas coisas no presente, lembra-se de outras como sendo passadas, e ainda antecipa outras como futuras; ou mesmo se ele acreditar que o Inimigo não vê as coisas dessa forma, ainda que, no íntimo do seu coração, ele considere isso uma peculiaridade do modo de percepção do Inimigo — ele não acha realmente (embora dissesse que sim) que as coisas são como o Inimigo as vê! Se você tentasse explicar a ele que as orações dos homens de hoje representam uma dentre as inúmeras coordenadas com as quais o Inimigo harmoniza o tempo de amanhã, ele retrucaria dizendo que, então, o Inimigo sempre soube que os homens fariam aquelas orações e, nesse caso, os humanos não oram livremente, mas foram predestinados a fazer isso. E ele acrescentaria que o tempo em um determinado dia pode ser reconstituído, por meio de suas causas, até a criação original da matéria em si — de modo que a coisa toda, tanto do lado humano quanto do lado material, é dada "desde o início". O que ele deve dizer, que é bastante óbvio para nós, é que o problema de ligar determinados tempos a orações particulares é meramente superficial em dois pontos de seu modo de percepção temporal: do problema total de ligar todo universo espiritual a todo o universo corpóreo; que a criação opera, em sua totalidade, em cada ponto do espaço e tempo, ou, antes, que seu tipo de consciência os força a ver o ato criativo completo, dotado de consistência própria, como uma série de eventos sucessivos. *Por que* esse ato criativo deixa espaço para o seu livre-arbítrio é o problema de todos os problemas, o segredo por trás de toda essa baboseira chamada "amor". *Como* isso acontece não é nenhum problema, pois o Inimigo não antevê como os homens vão contribuir livremente para o futuro, mas *vê* as práticas deles em seu eterno agora. E, obviamente, observar um homem fazendo algo não é o mesmo que forçá-lo a fazer isso.

Pode-se afirmar que alguns escritores humanos intrometidos, notadamente Boécio, deixaram escapar esse segredo. Mas, considerando o clima intelectual que com sucesso acabamos de produzir por toda a Europa ocidental, você não precisa se preocupar com isso. Somente os que tiveram uma boa formação leem os livros antigos, e nós lidamos de tal forma com estes que, de todos os homens, eles são os que têm menos chance de adquirir sabedoria fazendo isso. Nós fizemos isso incutindo neles o ponto de vista histórico. Esse ponto de vista, em suma, significa que, quando alguma afirmação proveniente de um autor antigo é apresentada, a única pergunta que nunca se deve fazer é se aquilo é de fato verdade. É preciso perguntar quem influenciou o escritor antigo, até que ponto a afirmação é consistente com o que ele disse em outros livros, que fase no desenvolvimento do escritor, ou na história do pensamento em geral, ela ilustra, como isso afetou os autores posteriores, quantas vezes isso foi mal interpretado (especialmente pelos próprios colegas do homem estudado), que tipo de crítica geral ao texto foi feita nos últimos dez anos e qual é "a atual conjuntura do problema". Considerar o autor antigo uma fonte possível de conhecimento — antecipar o que ele disse poderia possivelmente modificar seus pensamentos ou seu comportamento — seria uma atitude rejeitada como sendo absurdamente reducionista. E já que não podemos enganar toda a raça humana o tempo todo, é da maior importância separar cada geração das demais, pois onde o aprendizado faz um livre comércio entre as eras, reside sempre o perigo de que os erros característicos de uma possam ser corrigidos pelas verdades características de outra. Mas, graças ao Nosso Pai e ao ponto de vista histórico, grandes estudiosos são atualmente tão pouco alimentados pelo passado quanto os mecânicos mais ignorantes, que defendem que "a história é bobagem".

Com carinho,
Seu tio, Maldanado

Carta XXVIII

Meu querido Vermelindo,

Quando eu lhe disse para não encher suas cartas com baboseiras sobre a guerra, o que quero dizer é que eu não quero receber suas rapsódias infantis sobre a morte de seres humanos e a destruição de cidades. Mas, no que a guerra realmente diga respeito ao estado de espírito do seu paciente, é claro que desejo relatórios completos. E nesse aspecto você me parece especialmente obtuso. Você está me dizendo, alegremente, que há boas razões para esperar pesados ataques aéreos de surpresa na cidade em que o paciente mora. Esse é um exemplo gritante de algo de que já reclamei com você antes — sua aparente disposição para esquecer o objetivo principal da sua apreciação imediata do sofrimento humano. Será que você não sabe que bombas matam pessoas? Ou será que você não se dá conta de que a morte do seu paciente, nesse momento, é precisamente o que queremos evitar? Ele escapou dos amigos mundanos com os quais você tentou enredá-lo; "se apaixonou" por uma mulher muito cristã e está temporariamente imune aos nossos ataques à castidade; e os vários métodos para corromper a vida espiritual dele, que estivemos experimentando, fracassaram. Nesse instante, com o auge da guerra se aproximando e as esperanças terrenas dele desvanecendo-se em sua mente, que está ocupada pelo trabalho dele na defesa civil e pela garota, ele está sendo forçado a atentar mais para os vizinhos do que jamais fizera até então e parece gostar disso mais do que esperava; ele está "abstraído de sua absorção em si mesmo", como os humanos dizem, e como está crescendo diariamente na consciência de sua dependência espiritual do Inimigo, ele estará, quase com certeza, perdido para nós se for morto hoje à noite. Isso é algo tão óbvio que estou com vergonha de escrever sobre isso. Às vezes, eu me pergunto se vocês, jovens demônios, não estão sendo mantidos empenhados na tarefa da tentação por tempo excessivo — a ponto de correrem o perigo de serem infectados pelos sentimentos e valores dos seres humanos entre os quais trabalham. É claro que eles tendem a considerar a morte como o grande mal e a sobrevivência como o maior bem. Mas isso é porque nós os ensinamos a fazer isso. Não se deixe contaminar por nossa própria propaganda. Sei que parece estranho que o seu atual objetivo principal seja o mesmo pelo qual a amante do paciente e a mãe dele estão orando — isto é, sua segurança corpórea. Mas é assim mesmo; você deve vigiá-lo como a menina dos seus olhos. Se ele morrer agora, você vai perdê-lo. Se ele sobreviver à guerra, sempre haverá esperança. O Inimigo o protegeu de você na primeira grande onda de tentações. Mas, se ao menos seu paciente puder ser mantido vivo, você terá como aliado o próprio tempo. Os longos, tediosos e monótonos anos da prosperidade ou da adversidade na meia-idade são ótimos climas de campanha. Veja, é tão difícil para essas criaturas *perseverarem* nessa idade. A rotina da adversidade, a decadência gradativa dos amores e das esperanças da juventude, o desespero silencioso (dificilmente sentido como sofrimento) de sempre superar as tentações crônicas com as quais volta e meia os derrotamos, o clima sombrio que criamos em suas vidas e o ressentimento inexprimível com o qual os ensinamos a reagir a isso — tudo isso proporciona oportunidades incríveis de desgastar suas almas pelo atrito. Se, por outro lado, a meia-idade se provar próspera, nossa posição será ainda mais forte. A prosperidade amarra uma pessoa ao mundo. Ele sente que está "achando seu lugar no mundo", quando na realidade é o mundo que está achando o seu lugar nele. A reputação dele, que cresce a cada momento, o seu círculo crescente de amigos, o seu senso de importância, a pressão crescente do trabalho que o absorve e também agrada, tudo construiu nele um senso de estar realmente em casa no mundo, que é precisamente o que queremos. Você irá notar que os jovens em geral estão menos indispostos a morrer do que os de meia-idade e os velhos.

A verdade é que o Inimigo, tendo estranhamente destinado esses animaizinhos medíocres à vida em seu próprio mundo eterno, resguardou-os de forma bastante eficaz do perigo de sentirem-se em casa em qualquer outro lugar. Eis porque temos que, muitas vezes, desejar vida longa para os nossos pacientes. Setenta anos nunca é demais para a difícil tarefa de desvencilhar suas almas dos Céus e fazer com que fiquem firmemente atados à terra. Enquanto são jovens, eles parecem sempre nos escapar pela tangente. Mesmo se urdirmos mantê-los ignorantes quanto à religião explícita, os ventos incalculáveis da fantasia, da música e da poesia — a mera face de uma garota, o cantar de um pássaro ou a vista do horizonte — estão sempre derrubando nossos castelos de areia. Eles *nunca irão* aplicar-se constantemente ao avanço mundano, às conexões prudentes e à política de segurança em primeiro lugar. O seu apetite pelos Céus é tão inveterado que nosso melhor método de atá-los à terra, nesse estágio, é fazê-los crer que a terra possa ser transformada em céu em algum momento do futuro pela política, pela genética, pela "ciência", pela psicologia ou qualquer coisa do tipo. O verdadeiro mundanismo é obra do tempo — assistido, é claro, pelo orgulho, pois nós ensinamos esses vermezinhos a descrever a morte vindoura como "bom senso", "maturidade" ou "experiência". A *experiência* no sentido peculiar que os ensinamos a ver, é, aliás, uma palavra muito útil. Um grande filósofo humano quase deixou escapar nosso segredo, quando disse que, onde a virtude estiver envolvida, "a experiência é a mãe da ilusão"; mas, graças a uma mudança na moda, e, é claro que também em relação ao ponto de vista histórico, nós tornamos o seu livro amplamente inócuo.

O quanto o tempo é valioso para nós pode ser percebido pelo fato de que o Inimigo nos concede tão pouco dele. A maioria dos seres humanos morre na infância; dos sobreviventes, boa parte morre na juventude. Obviamente, o nascimento humano é importante para o Inimigo, principalmente como a qualificação para a morte humana, e a morte é apenas o portal para esse outro tipo de vida. Somos autorizados a trabalhar somente em cima de uma minoria da espécie, pois o que os humanos chamam de "vida normal" é a exceção. Aparentemente, ele deseja que alguns — mas apenas muito poucos — dos animais humanos com os quais ele está povoando os Céus tenham tido a experiência de resistir a nós ao longo de uma vida terrena de sessenta ou setenta anos. Bem, aí é que está a nossa oportunidade. Quanto mais curta ela for, melhor uso teremos que fazer dela. Seja o que for que você faça, mantenha o seu paciente o mais seguro que puder.

Com carinho,
Seu tio, Maldanado

Carta XXIX

Meu querido Vermelindo,

Agora que já temos certeza de que os alemães vão mesmo bombardear a cidade do seu paciente e que o seu dever de patriota vai pô-lo em risco de morte, temos que reconsiderar nossa política. Será que devemos almejar a covardia — a coragem, e seu orgulho consequente — ou o ódio contra os alemães?

Bem, temo que não seja bom tentar torná-lo um homem corajoso. Nosso Departamento de Pesquisa não descobriu ainda como produzir *qualquer* tipo de virtude (embora o sucesso seja esperado a qualquer momento). Essa é uma deficiência séria. Para agir de modo hediondo e ser eficazmente maldoso, o homem necessita de alguma virtude. O que Átila teria sido sem a sua coragem, ou Shylock sem a abnegação em relação à carne? Mas como não podemos fornecer essas qualidades por nós mesmos, só o que podemos fazer é usá-las conforme fornecidas pelo Inimigo — e isso significa deixar para ele uma parcela de domínio sobre aquelas pessoas que, do contrário, teríamos dominado completamente. Trata-se de um jeitinho muito pouco satisfatório, mas tenho certeza de que um dia vamos aprender a fazer melhor.

O ódio é algo que temos como manipular. A tensão dos nervos humanos durante ruídos, perigos e fadiga, torna os homens propensos a qualquer tipo de emoção violenta, sendo somente uma questão de canalizar tal suscetibilidade para os lugares certos. Se a consciência resistir, confunda-a. Faça seu paciente afirmar que sente ódio, não de sua própria parte, mas em nome das mulheres e das crianças, e que um cristão deve perdoar os seus próprios inimigos e não os dos outros. Em outras palavras, deixe-o considerar-se suficientemente identificado com a mulher e as crianças para sentir ódio no lugar delas, mas *não* identificado o suficiente para considerar os inimigos delas como os seus próprios e, por isso, como objetos de seu perdão.

Mas o ódio pode ser mais bem combinado com o medo. A covardia é a única entre todos os vícios que é puro sofrimento — horrível de antecipar, horrível de sentir, horrível de lembrar; já o ódio tem seus prazeres. Por isso é muitas vezes *a compensação* com a qual um homem amedrontado recompensa a si mesmo pelas misérias produzidas pelo medo. Quanto mais alguém tem medo, mais irá odiar. E o ódio também é uma grande anestesia para a vergonha. Para provocar uma profunda ferida na caridade do seu paciente, você terá primeiro que derrotar a sua coragem.

Agora, esse é um negócio delicado. Conseguimos fazer o homem ficar orgulhoso de muitos de seus vícios, mas não da covardia. Sempre que estamos à beira de obter sucesso em fazer isso, o Inimigo permite que aconteça uma guerra, um terremoto ou qualquer outra calamidade, e, imediatamente a coragem se torna tão obviamente desejável e importante, mesmo aos olhos humanos, que todo o nosso trabalho é desfeito e, assim, eles passam a ter vergonha genuína de pelo menos um vício. O problema de induzir a covardia em nossos pacientes que, com isso, podemos produzir neles real autoconhecimento e autorrepulsa com subsequentes arrependimento e humilhação. E, de fato, na última guerra, milhares de pessoas, ao descobrirem sua própria covardia, acabaram descobrindo também, pela primeira vez, todo o mundo moral. Em tempos de paz, podemos fazer muitos deles ignorarem inteiramente o bem e o mal; em tempos de perigo, a questão é forçada sobre eles de uma maneira tal que nem nós os podemos cegar. Estamos aqui diante de um dilema cruel. Se promovêssemos a justiça e a caridade entre os homens, estaríamos caindo diretamente nas mãos do Inimigo; mas se os conduzimos ao comportamento oposto, isso mais cedo ou mais tarde produzirá (com a permissão dele) uma guerra ou uma revolução, e a questão indisfarçável da covardia ou da coragem desperta milhares de homens da estupefação moral.

Com efeito, esse é provavelmente um dos motivos para o Inimigo ter criado um mundo perigoso — um mundo em que assuntos morais realmente vão direto ao ponto. Ele consegue enxergar, da mesma forma que você, que a coragem não é simplesmente *uma* das virtudes, mas a forma que cada virtude assume quando está sendo testada, ou seja, no ponto da mais alto realidade. A castidade, a honestidade ou a misericórdia que se entrega ao perigo será casta, honesta ou misericordiosa apenas sob certas condições. Pilatos foi misericordioso até que isso se tornou arriscado.

Por isso, tornar o seu homem um covarde pode representar uma perda ou um ganho; ele pode vir a descobrir coisas demais sobre si mesmo! É claro que sempre há a chance de não anestesiar a vergonha, mas de agravá-la e, assim, produzir desespero. Esse seria um grande triunfo. Mostraria que o seu paciente acreditou e aceitou o perdão que o Inimigo oferece para seus outros pecados só porque ele mesmo não tinha consciência plena de sua pecaminosidade — que em relação ao único vício que realmente entende em sua plena profundidade e indignação, ele não pode buscar nem confiar na misericórdia. Mas temo que você já o tenha deixado ir longe demais no seu aprendizado com o Inimigo e que ele já saiba que o desespero é um pecado maior do que qualquer dos pecados que o tenham provocado.

Quanto à verdadeira técnica de tentação para a covardia, não há muito o que dizer. O ponto central é que as precauções têm a tendência de aumentar o medo. Entretanto, as precauções, quando publicamente ordenadas ao seu paciente, logo se tornam rotina, e esse efeito de medo desaparece. O que você deve fazer é manter passando pela mente dele (lado a lado com a intenção consciente de cumprir com o seu dever) a vaga ideia de que todos os tipos de coisas que ele pode ou não fazer *dentro* da estrutura do dever parecem deixá-lo um pouco mais seguro. Afaste a mente dele da regra simples ("Tenho que parar aqui e fazer isso ou aquilo") fazendo com que se preocupe com uma série de sequências de ação vital imaginárias ("Se acontecer A — embora eu espere muito que não aconteça —, eu poderia fazer B — e se acontecer o pior, poderei sempre ainda fazer C"). Despertar as superstições, desde que não sejam reconhecidas como tais, poderá ser interessante. O negócio é mantê-lo acreditando que *alguma coisa* além do Inimigo lhe está disponível e que a coragem que este lhe fornece para *recorrer* ocorre de tal modo que aquele compromisso total com o dever se torna algo totalmente permeado de pequenas reservas inconscientes. Construindo uma série de expedientes imaginários para evitar "que aconteça o pior", você deve produzir, nesse nível de vontade do qual ele não está consciente, uma determinação de que o pior *não deverá* acontecer. Depois, na hora do terror, deixe isso tomar conta dos nervos e músculos dele terá feito o ato fatal acontecer antes que ele se dê conta do que está acontecendo. Porque você não pode esquecer: o ato de covardia é tudo o que importa;

o sentimento de medo em si não é nenhum pecado e, embora nós o apreciemos, ele não traz bem algum para a nossa causa.

Com carinho,
Seu tio, Maldanado

Carta XXX

Meu querido Vermelindo,

Às vezes me pergunto se você acha que está aí para a sua própria diversão. Fiquei sabendo, não a partir de seu relato lamentavelmente precário, mas pela Polícia Infernal, que o comportamento do seu paciente durante o primeiro ataque foi o pior possível. Ele ficou muito apavorado, achando que não passa de um grande covarde e, por isso, não sente orgulho algum; mas ele fez tudo que o dever demandava e talvez um pouco mais. Contra esse desastre, tudo o que você conseguiu produzir a seu favor foi um ataque de mau humor contra um cachorro que o fez tropeçar, o excesso de cigarros momentaneamente e o esquecimento de uma oração. De nada adianta lamentar-se comigo por causa das suas dificuldades. Se estiver apelando para a ideia de "justiça" que vem do Inimigo, e está a sugerir que suas oportunidades e intenções devem ser levadas em conta, vai ser difícil evitar a acusação de heresia contra você. Em todo caso, você logo descobrirá que a justiça do Inferno é puramente realista e preocupa-se tão somente com os resultados. Traga-nos comida ou você mesmo virará nossa comida.

O único trecho construtivo em sua carta é aquele em que você diz que continua esperando bons resultados do cansaço do seu paciente. Isso é excelente, mas não cai do Inferno de mão beijada. O cansaço *pode* vir a produzir bondade extrema e uma mente silenciosa, e até mesmo algo parecido com uma visão. Se você já viu pessoas que foram levadas à raiva, à malícia e à impaciência a partir disso, é porque esses homens tiveram tentadores eficientes. O fato paradoxal é que o cansaço moderado é um solo mais fértil para a irritabilidade do que a exaustão absoluta. Isso depende em parte de causas físicas e em parte de algo mais. Não é que o simples cansaço em si produza a raiva, mas sim as demandas inesperadas de uma pessoa que já está cansada. Seja o que for que os homens esperem da vida, eles logo vão achando que têm direito a isso. O sentimento de frustração pode, à custa de bem pouca habilidade de nossa parte, ser distorcido para um senso de injúria. Depois que os homens tenham cedido ao irremediável, depois que tenham perdido a esperança de alívio e parado de pensar no que pode acontecer na próxima meia hora é que os perigos da fadiga humilde e gentil começam a se fazer sentir. Sendo assim, para se obter os melhores resultados do cansaço do seu paciente, você tem que alimentá-lo com falsas esperanças. Coloque na cabeça dele razões plausíveis para crer que o ataque aéreo não ocorrerá de novo. Faça com que ele continue se confortando com o pensamento sobre o quanto vai curtir sua cama na noite seguinte. Exagere o cansaço, fazendo-o pensar que ele logo vai passar, pois os homens usualmente sentem que uma tensão se torna insuportável no momento exato em que está acabando ou quando pensam que esteja acabando. Nisso, como no problema da covardia, a coisa a ser evitada é o compromisso total. Seja o que for que ele *diga*, faça com que tome a decisão íntima de não aguentar, seja o que for que venha sobre ele, mas de aguentar "por um período de tempo razoável" — e faça com que esse período razoável seja mais curto do que a provação provavelmente vai durar. Não precisa ser *muito* mais curto; nos ataques contra a paciência, a castidade e a fortaleza, o divertido é fazer o homem desistir precisamente quando o fim de sua agonia estiver quase à vista (ah, se ao menos ele soubesse...).

Eu não sei se ele estaria disposto a se encontrar com a garota nessas condições de tensão ou se não. Se ele o fizer, tire a maior vantagem do fato de que, até certo ponto, o cansaço faz com que as mulheres falem mais e os homens, menos. A partir daí, é possível despertar uma grande quantidade de ressentimentos secretos, mesmo entre amantes.

Provavelmente essas cenas que seu paciente está testemunhando agora não representarão material suficiente para um ataque *intelectual* à fé que ele possui — visto que você vem de um histórico de fracassos anteriores, isso está fora de sua alçada. Mas você ainda pode tentar outro tipo de ataque às emoções. Ele consiste em fazê-lo *sentir*, quando avistar pela primeira vez restos de seres humanos grudados na parede, que "é assim que o mundo *realmente* é" e que toda a sua religião não passou de uma fantasia. Você vai notar que nós os inebriamos completamente quanto ao sentido da palavra "real". Com isso, eles podem contar uns aos outros acerca de alguma grande experiência espiritual que, "Na *realidade*, o que aconteceu foi que você ouviu um trecho de uma música num ambiente todo iluminado"; "real" aqui significa os fatos puramente físicos, separados dos outros elementos da experiência que realmente tiveram. Por outro lado, eles também dirão: "É fácil discutir aquele mergulho de uma plataforma alta enquanto você está sentado aqui na cadeira de descanso, mas espere só até chegar ali e ver como é de *verdade*": aqui a palavra "real" está sendo usada no sentido oposto para significar não os fatos físicos (que eles já conhecem enquanto discutem o assunto sentados na poltrona), mas o efeito emocional que aqueles fatos vão ter sobre a consciência humana. Qualquer uma das aplicações dessa palavra pode ser defendida; mas nosso negócio é manter as duas valendo ao mesmo tempo, de modo que o valor emocional da palavra "real" possa ser colocado ora de um dos lados da conta, ora de outro, conforme nos seja mais conveniente. A regra geral que agora estabelecemos entre eles é que, em todas as experiências que podem torná-los mais felizes ou melhores, apenas os fatos físicos são reais, enquanto os elementos espirituais são "subjetivos"; em todas as experiências que possam desencorajá-los ou corrompê-los, os elementos espirituais são a realidade central e ignorá-los é ser um escapista. Assim, no nascimento, o sangue e o sofrimento são "reais", o regozijo é um ponto de vista meramente subjetivo; na morte, o terror e a feiura revelam o que o falecimento "significa realmente". O ódio de uma pessoa que se odeia é "real" — no ódio, você percebe os homens como eles são e se decepciona; mas a amabilidade de uma pessoa amada é uma ocultação nebulosa de um cerne do que na "realidade" não passa de apetite sexual ou associação econômica. As guerras e a pobreza são "realmente" horríveis; a paz e a prosperidade são fatos meramente físicos pelos quais os homens, por acaso, têm certos sentimentos. As criaturas estão sempre acusando umas às outras de querer "comer o bolo e guardá-lo"; mas, graças aos nossos trabalhadores, eles estão mais frequentemente numa condição de pagar pelo bolo sem, entretanto, vir a comê-lo. O seu paciente, tratado da forma adequada, não terá nenhuma dificuldade em considerar a sua emoção diante das entranhas de um ser humano como uma revelação da realidade e a sua emoção à vista de crianças felizes ou de um dia lindo como mero sentimentalismo.

Com carinho,
Seu tio, Maldanado

Carta XXXI

Meu queridíssimo, adorado, Vermelindo,
meu bichinho de pelúcia, meu porcalhãozinho,

Agora que tudo está perdido, digo-lhe que você está redondamente enganado em vir a mim todo choramingando para me perguntar se as palavras de afeto pelas quais me referi a você não queriam dizer nada desde o começo.

Longe disso! Esteja certo de que meu amor por você e seu amor por mim são como duas metades da mesma laranja. Eu sempre desejei você, da mesma forma que você (tolinho) me desejou. A diferença é que eu sou mais forte. Penso que agora eles permitirão que você seja meu, ou pelo menos um pedaço de você. Se eu amo você? Ora, é claro que sim. Tanto quanto amo um bocado de guloseimas com as quais eu já me fartei.

Você deixou uma alma escapar entre os seus dedos. O uivo de fome intensificado por essa perda ressoa nesse momento por todos os níveis do Reino do Barulho até o próprio Trono. Fico louco só de pensar sobre isso. O quão bem eu sei o que aconteceu no instante em que eles o sequestraram de você! Ele passou, de uma hora para a outra, a enxergar tudo (não foi?) quando ele o viu pela primeira vez, reconheceu a parte que você tinha nele, e soube que você já não a tinha mais. Pense só (e que seja apenas o começo de sua agonia) o que ele sentiu naquele momento; foi como se uma venda tivesse lhe caído dos olhos, como se ele tivesse se livrado de uma lepra horrível, como se tivesse se livrado para sempre de trapos esfarrapados, molhados e pegajosos. Diabos! Já é horrível demais vê-los em seus dias mortais tirando roupas sujas e desconfortáveis e caindo na banheira de água quente dando pequenos grunhidos de prazer enquanto espreguiçam seus membros cansados. O que dizer, então, desse despir-se definitivo, dessa limpeza total?

Quanto mais penso sobre isso, pior fica. Ele passou por isso tão fácil! Nada de medos gradativos, nada de sentença de médico, nada de lar de recuperação, nada do teatro das cirurgias, nada de falsas esperanças de vida; pura e simples liberação instantânea. Até parecia que o mundo todo estava à nossa mercê, o clamor das bombas, a queda de casas, o fedor e o gosto de gases altamente explosivos nos lábios e nos pulmões, os pés ardendo de cansaço, o coração frio diante dos horrores, o cérebro embaraçado, as pernas doendo e, no momento seguinte, tudo estava acabado, tinha desaparecido como um pesadelo, passando a ser insignificante. Seu imbecil fracassado, ludibriado! Você percebeu com quanta naturalidade — como se ele tivesse nascido para isso — o verme nascido da terra entrou para a nova vida? Como, num piscar de olhos, todas as suas dúvidas se tornaram ridículas? Sei muito bem o que a criatura estava dizendo para si mesma! "Sim, é claro! Sempre foi assim. Todos os horrores seguiram o mesmo curso, tornando-se cada vez piores e forçando você numa espécie de sinuca de bico até o momento preciso em que você acha que pode ser esmagado! Você se safa da situação e tudo de repente fica bem. A extração do dente dói cada vez mais até que, de repente, o dente é extraído. O sonho se tornou um pesadelo e, então, você acordou. Você morre e morre mais uma vez e, em seguida, está para além da morte. Como é que eu pude duvidar disso?"

Da mesma forma como ele viu você, ele também teve uma visão da divindade. Eu sei como foi. Você recuou, atordoado e cego, sentindo-se mais ferido por eles do que ele se sentira em relação às bombas. Ah, quanta degradação — que essa coisa da terra e do lodo é capaz de ficar em pé e conversar com espíritos diante dos quais você, um espírito, só consegue ficar acuado. Talvez você tenha esperado que o temor e o estranhamento provocado por tudo isso fosse acabar com a alegria dele. Mas aí é que está a nossa desgraça; deuses são tão estranhos aos olhos mortais que deixam de ser estranhos. Ele não tinha a menor ideia de como era olhar para eles até aquele exato momento e até duvidava da sua existência. Mas, quando os viu, soube que já os conhecia desde sempre e se deu conta do papel que cada um deles assumiu em muitas horas de sua vida quando ele imaginava estar sozinho de modo que agora ele podia lhes dizer, um por um, não: "Quem *são* vocês?" mas: "Ah, então, eram *vocês* o tempo todo?" Tudo o que eles eram e disseram nesse encontro despertou memórias. Aquela vaga sensação de amigos ao seu redor, que o assombrava desde a infância, estava agora pelo menos explicada; aquela música essencial que dominava cada experiência pura, que sempre lhe fugia à memória, foi agora recuperada. Esse reconhecimento o libertou da companhia deles pouco antes de os membros do seu corpo desfalecerem. Apenas você foi deixado de fora.

Ele não apenas enxergou divindades, ele O enxergou. Esse animal, essa coisa concebida na cama, pôde olhar para ele. O que é fogo ofuscante e asfixiante para você, é agora luz refrescante para ele, é a própria claridade, e carrega a forma de um homem. Você bem que gostaria, se pudesse, de interpretar a prostração do paciente diante da Presença, a repugnância a si mesmo e o conhecimento supremo de seus pecados (sim, Vermelindo, um conhecimento mais claro até do que o seu) à semelhança de suas próprias sensações chocantes e paralisantes quando você estiver com o ar mortífero que se respira no coração dos Céus. Mas tudo isso é bobagem. Ele deverá passar ainda por alguns sofrimentos, mas os humanos *aceitam* esse tipo de dor. Eles não trocariam seus sofrimentos por qualquer prazer terreno. Todos os prazeres dos órgãos dos sentidos, das emoções ou do intelecto com que você poderia tê-los tentado outrora, mesmo os prazeres da própria virtude, agora lhes parecem nada mais que atrações repulsivas, a ponto de provocar neles as náuseas que uma prostituta provocaria em um homem que ouvisse que a sua amada verdadeira, que ele amou a vida toda, e cujo amor acreditava estar morto, está viva e, nesse momento, diante da sua porta. Ele foi capturado por esse mundo em que o sofrimento e o prazer assumem valores transfinitos, e toda a nossa aritmética é desfeita. Mais uma vez, o inexplicável nos alcança. A desgraça maior que se segue à de tentadores inúteis como você é o fracasso do nosso Departamento de Inteligência. Ah, se ao menos pudéssemos descobrir o que o Inimigo está realmente tramando! Que coisa lamentável o fato de esse conhecimento, que é uma coisa tão odiosa e piegas ainda assim ser necessário para o Poder! Às vezes, quase entro em desespero. Tudo o que me mantém em pé é a convicção de que o nosso realismo, ou a nossa rejeição (em face de todas as tentações) de toda a baboseira tola e conversa mole, *tem de* vencer no final. Nesse meio tempo, vou acabar com você.

Subscrevo-me, sinceramente.
Cada vez mais voraz e afetuoso,
Tio Maldanado

LIVRO II

PREFÁCIO

Da coleção de ensaios

Maldanado propõe um brinde

C. S. Lewis finalizou este livro pouco antes de sua morte, em 22 de novembro de 1963. Ele é praticamente todo dedicado à religião, e os ensaios são derivados de várias fontes. Alguns apareceram em *They Asked for a Paper* [Eles pediram um artigo] (Geoffrey Bles, Londres, 1962), uma coletânea cujos assuntos incluíam literatura, ética e teologia. "Screwtape Proposes a Toast", ["Maldanado propõe um brinde"], foi inicialmente publicado na Grã-Bretanha como parte de um livro de capa dura intitulado *The Screwtape Letters & Screwtape Proposes a Toast* (Geoffrey Bles, Londres, 1961). Ele consistia das *Cartas de um diabo a seu aprendiz* originais, junto com o "Brinde", além de um novo prefácio de Lewis. Nesse meio tempo, o "Maldanado propõe um brinde" já havia aparecido nos Estados Unidos, primeiro, como um artigo no *The Saturday Evening Post* e, depois, no ano de 1960, na coletânea *The World's Last Night* [A última noite do mundo] (Harcourt Brace and World, Nova York).

No novo prefácio de *The Screwtape Letters & Screwtape Proposes a Toast*, que está impresso neste livro, Lewis explica a concepção e o nascimento do "Brinde". Seria bastante errado denominar esse texto de "outra carta de Maldanado". Aquilo que Lewis descreveu como a "técnica do ventriloquismo diabólico" de fato ainda está presente: O que é branco para Maldanado é preto para nós, e qualquer coisa a que ele dê boas-vindas nós devemos temer. Mas, apesar da forma que persiste muito amplamente, aqui termina a afinidade com as *Cartas* originais. Elas estavam preocupadas principalmente com a vida moral de um indivíduo; no "Brinde", o objetivo a ser alcançado é, antes, a necessidade de se respeitar e estimular a mente dos jovens.

"A Slip of the Tongue" ["Ato falho"] (sermão pregado na capela do Magdalene College) aparece pela primeira vez em formato de livro. "The Inner Ring" ["Círculo íntimo"] foi o Discurso Comemorativo anual apresentado no King's College, Universidade de Londres, em 1944; "Is Theology Poetry?" ["Teologia é poesia?"] e "On Obstinacy in Belief" ["Sobre a fé obstinada"] foram ambos ensaios lidos no Clube Socrático, aparecendo subsequentemente pela primeira vez no "Socratic Digest" em 1944 e 1955, respectivamente. "Transposition" ["Transposição"] é uma versão ligeiramente mais completa de um sermão proferido no Mansfield College, Oxford; enquanto "The Weight of Glory" ["O Peso da Glória"] foi um sermão proferido na Church of St Mary the Virgin, Oxford, e publicado pela primeira vez pela SPCK (Society for Promoting Christian Knowledge). Todos esses cinco ensaios foram gentilmente cedidos em *Eles pediram um artigo.* "Good Work and Good Works" ["A boa obra e as boas obras"] apareceu pela primeira vez em *The Catholic Art Quarterly* e depois em *O último dia do mundo*.

No final de seu prefácio de *Eles pediram um artigo*, Lewis escreveu: "Já que esses artigos foram escritos em diferentes épocas ao longo dos últimos vinte anos, alguns de seus trechos, que muitos leitores podem achar reminiscentes de minha obra posterior, são, na verdade, antecipatórios e embrionários. Deixei-me persuadir de que tais sobreposições não eram um empecilho sério à sua publicação". Ficamos muito contentes de ele ter se deixado persuadir da mesma forma quanto a essa coletânea de ensaios sobre temas religiosos.

J.E.G.

Maldanado propõe um brinde.

Em muitas ocasiões, foi-me solicitado ou aconselhado acrescentar mais cartas ao *Cartas de um diabo a seu aprendiz*, mas, por anos a fio, não senti a menor inclinação para tanto. Essa obra foi, para mim, a mais fácil de escrever, e também a menos prazerosa. Mais fácil, sem dúvida pelo fato de a ideia de escrever cartas diabólicas, depois que você a tenha concebido, se explora espontaneamente, como os gigantes e os homens nanicos de Swift ou a filosofia bioética de *Erewhon*, bem como a *Garuda Stone*, de Anstey. Quando você se dá conta, já terá escrito mil páginas se deixar a coisa fluir. Mas, embora fosse fácil torcer a mente para adotar uma atitude diabólica, isso não é nada divertido, ou, pelo menos, não por muito tempo. O esforço gera uma espécie de câimbra espiritual. O mundo no qual eu tive de me projetar enquanto falava por meio de Maldanado era todo feito de poeira, cascalho, sede e irritação. Todo e qualquer traço de beleza, frescor e genialidade teve de ficar de fora. Eu me senti sufocado quando estava prestes a terminar, e teria asfixiado meus leitores se tivesse estendido a coisa.

Além disso, eu tinha uma espécie de ojeriza contra meu livro por não ter sido um livro diferente, que ninguém poderia escrever. O ideal teria sido que as advertências de Maldanado a Vermelindo fossem contrabalançadas com os conselhos dos arcanjos para o anjo da guarda do paciente. Sem isso, o retrato da vida humana fica unilateral. Mas quem poderia compensar essa deficiência? Mesmo se um homem — e ele precisaria ser bem melhor do que eu — pudesse escalar as alturas espirituais necessárias, que "estilo adequado" poderia usar? Pois o estilo seria, na verdade, parte do conteúdo. O mero conselho não seria suficiente; cada frase deveria ter o cheiro dos Céus. E hoje em dia, mesmo se você fosse capaz de escrever prosa como a de Traherne, não seria autorizado para tanto, pois o cânone do "funcionalismo" desabilitou a literatura de metade de suas funções. (No fundo, todo ideal de estilo dita não apenas de que maneira devemos dizer as coisas, mas que tipo de coisa devemos dizer.)

Então, à medida que os anos foram passando e a experiência sufocante de escrever as "cartas" desvanecia da memória, reflexões sobre isso ou aquilo, que pareciam de alguma forma demandar um tratamento à moda Maldanado, começaram a me ocorrer. Eu estava decidido a não escrever mais nenhuma "carta". A ideia de algo como uma palestra ou um "discurso" pairou vagamente na minha mente, ora esquecida, ora relembrada, e nunca escrita. Então, veio um convite do *The Saturday Evening Post*, e isso foi o estopim.

C.S.L

O cenário é o Inferno, no jantar anual da Academia de Treinamento de Tentadores para jovens demônios, o diretor, Dr. Remeleca, acabou de brindar à saúde dos seus convidados.

Maldanado, que é o convidado de honra, levanta-se para responder:

> *Sr. Diretor, Vossa Eminência, Vossas Desgraças, Meus Espinhosos, Sombrios e Gentis-Demônios*: é costume, nessas ocasiões, que o orador se dirija principalmente àqueles entre vocês que acabaram de se graduar e que serão muito em breve indicados para bolsas de estudos em tentação oficiais na Terra. E trata-se de um costume a que vou me submeter voluntariamente. Lembro-me muito bem do quanto eu tremia enquanto esperava a minha primeira indicação. Espero e acredito que cada um de

vocês esteja nessa mesma expectativa hoje. A sua carreira está diante de vocês. O Inferno espera e demanda que ela seja — como foi a minha — de sucesso estrondoso e continuado. Se não for, vocês sabem o que os espera.

Não desejo reduzir o elemento de terror pleno e realista, a perseverante ansiedade, que deve agir como chicote e esporão para os seus esforços. Quantas vezes vocês vão invejar os humanos por sua capacidade de dormir! Ainda assim, ao mesmo tempo, desejo colocar diante de vocês uma visão moderadamente encorajadora da situação estratégica como um todo.

Seu temido Diretor nos brindou com um discurso cheio de questões que incluíam um pedido de desculpas pelo banquete que ele colocou diante de nós. Bem, gentis-demônios, a culpa não é *dele*. Mas seria vão negar que as almas humanas em cuja angústia nos banqueteamos nessa noite eram de péssima qualidade. Nem mesmo a cozinha mais habilidosa dos nossos atormentadores as tornaria menos insípidas.

Ah, como seria maravilhoso poder abocanhar novamente um Farinata, um Henrique VIII ou mesmo um Hitler! Eles eram realmente crocantes; uma fúria, um egocentrismo, uma crueldadezinha que só perde mesmo em robustez para as nossas. Eles impunham uma deliciosa resistência ao serem devorados e aqueciam nossas entranhas ao serem engolidos.

Em vez disso, qual foi o cardápio de hoje? Tivemos uma autoridade municipal ao molho de corrupção. Mas, pessoalmente não pude detectar nele nenhum sabor de avareza realmente apaixonada e brutal, tais como as que curtíamos nos grandes magnatas do século passado. Será que ele não era inequivocamente um homem baixo — uma criatura mesquinha, enriquecida por lucros ilícitos, com bolsos cheios de piadinhas medíocres da vida privada e de subornos que eram negados em seus discursos públicos repletos de insípida trivialidade — uma pessoinha imunda e insignificante que se afundou na corrupção, que só se percebe corrupta quando faz o que todo mundo faz? Depois desse prato, tivemos o cozido de adúlteros. Será que vocês conseguiriam distinguir nesse prato algum traço de luxúria plenamente inflamada, desafiadora, rebelde e insaciável? Eu não pude degustá-lo. Para mim, todos eles tinham gosto de imbecis subssexuados, que cambaleavam ou saltitavam para a cama errada em resposta automática a propagandas sexy, ou para fazê-los se sentirem modernos e emancipados, ou para se reafirmarem quanto à sua virilidade ou sua "normalidade", ou mesmo porque não tinham nada melhor para fazer. Francamente, no meu caso, que já provei uma Messalina ou um Casanova, aquele cozido era de dar náuseas. O sindicalista acompanhado de uma guarnição de conversa fiada talvez fosse um pouquinho melhor.

Ele causou um verdadeiro dano. Trabalhou, não completamente inconsciente do que fazia, para causar derramamento de sangue, fome e a extinção da liberdade. Sim, de certa forma, foi isso mesmo o que ele fez. E como foi que fez! Ele pensava muito pouco nesses objetivos supremos. Tudo o que dominava a sua vida era a obediência ao partido, a importância que atribuía a si mesmo e, acima de tudo, a mera rotina.

Mas aqui vem o *xis* da questão. Do ponto de vista gastronômico, tudo isso é deplorável. Mas espero que nenhum de nós ponha a gastronomia em primeiro lugar. Será que ela não é, em outro sentido muito mais séria, cheia de esperança e de promessas?

Considere, primeiro, a mera quantidade. A qualidade pode mostrar-se sofrível, mas nunca tivemos uma abundância maior de almas (desse tipo) do que agora.

E aí está o nosso triunfo. Somos tentados a dizer que almas assim — ou os poços de lama do que outrora já foram almas — mal valem a pena serem condenadas ao Inferno. Sim, mas o Inimigo (qualquer que seja o motivo, inescrutável e perverso) considerou-os dignos do esforço de serem salvos. Acreditem, ele foi mesmo capaz de tal coisa. Vocês, jovenzinhos, que ainda não estão ativamente engajados, não fazem ideia do tamanho do esforço e da habilidade delicada necessários para capturar cada uma dessas criaturinhas miseráveis.

A dificuldade está em sua pequenez e frouxidão. Eram vermes de mente tão confusa, tão passivamente responsiva ao ambiente, que foi com esforço hercúleo que os elevamos àquele nível de clareza e de deliberação, no qual lhes fosse possível cometer um pecado mortal. O negócio era elevá-los o bastante, mas nenhum milímetro a mais, que já chegaria ao "excesso". Pois, se chegasse a esse ponto, é claro que tudo estaria possivelmente perdido. Uma venda poderia ter-lhe caído dos olhos; eles poderiam vir a se arrepender. Por outro lado, se sua elevação ficasse aquém, muito possivelmente eles teriam se qualificado para o Limbo como criaturas que não eram adequadas nem para o Céu nem para o Inferno; coisas que, tendo falhado em obter o grau, são deixadas para afundar, para sempre, numa sub-humanidade mais ou menos satisfeita.

Em cada indivíduo, a escolha pelo que o Inimigo chamaria de caminho "errado" dificilmente se atribui, se é que se pode atribuir, a um estado de completa responsabilidade espiritual. Eles não entendem nem a fonte, nem o caráter real das proibições que estão violando. As suas consciências quase inexistem fora do contexto da atmosfera social que as envolvem. E é claro que conseguimos que a sua própria linguagem ficasse toda maculada e confusa: o que seria um *suborno* na profissão de um deles é formulado como uma pequena *gratificação* ou *presente* na dos outros. O primeiro trabalho dos tentadores é o de consolidar essas escolhas das estradas para o Inferno e torná-las um hábito por meio das repetições constantes. Mas, em seguida (e isso era o mais importante), é preciso transformar o hábito em um princípio — um princípio que a criatura esteja preparada para defender. Depois disso, tudo andará bem. A conformidade para com o ambiente social, primeiro meramente instintiva ou mesmo mecânica — afinal, como é que uma gelatina poderia não se conformar ao seu meio? — se torna agora um credo ou um ideal não reconhecido de pertencimento ou de ser igual a um grupo. A mera ignorância da lei que eles transgrediram se tornou agora uma teoria vaga a esse respeito — lembre-se de que eles não entendem nada de história —, uma teoria expressamente chamada de "moralidade", seja a *convencional*, a *puritana* ou a *burguesa*. Assim, gradativamente, vem a existir no centro da criatura um núcleo duro, apertado e ajustado, de resolução para continuar sendo o que é e até mesmo para resistir aos humores que tendem à mudança. Trata-se de um núcleo muito pequeno; em nada reflexivo (eles são ignorantes demais), tampouco desafiador (a sua pobreza emocional ou imaginativa os exclui de cara); quase a seu próprio modo, afetado e hipócrita, como uma pedra ou um câncer muito jovem. Mas vai servir aos nossos propósitos. Aqui, pelo menos, teremos uma rejeição real e deliberada, embora não plenamente articulada, do que o Inimigo chama de Graça.

Esses são, portanto, dois fenômenos bem-vindos. Primeiro, a abundância das nossas capturas; por mais insosso que seja o nosso cardápio, não corremos o risco de passar fome. E, em segundo lugar, o triunfo; as habilidades de nossos tentadores nunca estiveram tão em alta. Mas a terceira moral, que eu ainda não tracei, é a mais importante de todas.

Os tipos de almas cujo desespero e cuja ruína, bem, não vou dizer que festejamos, mas, em todo caso, nos sustentam — essa noite estão crescendo em número e continuarão a crescer. Nossos conselheiros do Comando Inferior nos garantem que isso é assim, e nossas ordens são no sentido de orientar todas as nossas táticas em vista dessa satisfação. Os "grandes" pecadores, aqueles nos quais as paixões vivas e geniais foram levadas para além dos limites, e aqueles nos quais uma concentração imensa de vontade foi devotada para objetos que o Inimigo abomina, não desaparecerão de todo; antes, por certo, ficarão mais raros. Nossas capturas serão cada vez mais numerosas, mas consistirão cada vez mais de lixo — lixo que tempos atrás lançaríamos para Cérbero e para os cães do inferno, pois não seria apropriado para o consumo diabólico. E há duas coisas que gostaria que vocês entendessem a esse respeito. Primeiro, que, por mais depressivo que isso pudesse parecer, seria, na verdade, uma mudança para melhor. E, em segundo lugar, eu chamaria a atenção de vocês para os meios que permitissem que ela fosse gerada.

Trata-se de uma mudança para melhor. Os grandes (e deliciosos) pecadores são feitos do mesmo material que aqueles fenômenos horríveis, os grandes Santos. O desaparecimento virtual desse tipo de ingrediente pode significar refeições insípidas para nós. Mas será que isso também não significa frustração e fome absolutas para o Inimigo? Ele não criou os humanos — não se tornou um deles e morreu entre eles, torturado — apenas para produzir candidatos ao Limbo, humanos "fracassados". Queria torná-los Santos; deuses, seres como ele mesmo. Não será a monotonia de sua tarifa atual um preço bem pequeno a pagar pelo conhecimento delicioso de que todo o grande experimento dele está se extinguindo? Mas não é só isso. À medida que os grandes pecadores estão diminuindo em quantidade e perdendo a sua individualidade, os grandes pecadores vão se tornando agentes mais eficazes para nós. Todo e qualquer ditador, ou mesmo um demagogo — quase toda estrela de cinema ou cantor romântico — é capaz de arrastar dezenas de milhares de ovelhas humanas consigo. Elas se oferecem (ou melhor, o que sobrou delas) a qualquer um deles; e, por cada um deles, a nós. Pode chegar um tempo em que não teremos mais nenhuma preocupação com qualquer tentação *individual*, exceto no caso de alguns deles. Capture o flautista mágico e todos os ratos o seguirão.

Mas será que vocês se dão conta do sucesso que tivemos em reduzir toda a raça humana ao nível de cifras numéricas? Isso não aconteceu por acaso. Tem sido nossa resposta — e que resposta magnífica — a um dos desafios mais sérios que jamais tivemos de enfrentar.

Vamos relembrar, a essa altura, qual era a situação da humanidade na segunda metade do século XIX — a época em que parei de ser um tentador praticante e fui recompensado com um posto administrativo. O grande movimento rumo à liberdade e à igualdade entre os seres humanos já carregava, naquele tempo, frutos sólidos e amadurecidos. A escravidão havia sido abolida. A Guerra de Independência dos Estados Unidos havia sido vencida. A Revolução Francesa havia sido bem-sucedida. A tolerância religiosa estava em franco crescimento por quase todos os lados. Em suas origens, havia muitos elementos que estavam a nosso favor naquele movimento. Havia, misturado a ele, muito ateísmo, muito anticlericalismo, muita inveja e sede de vingança, até mesmo algumas tentativas (bem absurdas) de reviver o paganismo. Não era fácil determinar qual deveria ser a nossa própria postura diante disso. Por um lado, havia sido um golpe amargo para nós — e ainda é — que qualquer tipo de homem que estivesse com fome fosse alimentado e qualquer que por muito tempo tivesse estado em cadeias devesse tê-las arrancadas. Mas, por outro lado, havia tanta rejeição à fé no movimento, tanto materialismo, secularismo e ódio, que nos sentimos na obrigação de encorajá-lo.

Mas, ao fim da segunda metade do século, a situação era muito mais simples, e também mais ameaçadora. No setor inglês (onde eu vi, do *front* de batalha, a maior parte de meus serviços) uma coisa terrível aconteceu. O Inimigo, com a sua destreza de manobras usual, havia se apropriado amplamente desse movimento progressivo ou libertador e o havia pervertido para os seus próprios fins. Muito pouco de seu velho aspecto anticristão remanesceu. O perigoso fenômeno chamado Socialismo Cristão estava efervescente. Os donos de fábricas à moda antiga, que enriqueciam à custa de trabalho suado, em vez de serem assassinados pelos trabalhadores — nós poderíamos ter usado isso em nosso favor — estavam sendo vistos com maus olhos pela sua própria classe. Os ricos estavam cada vez mais abrindo mão de seu poder, não em face de uma revolução e de uma compulsão, mas em obediência às suas próprias consciências. Quanto aos pobres que se beneficiaram disso, estavam se comportando de uma maneira bastante decepcionante. Em vez de usarem sua recém adquirida liberdade — como razoavelmente esperávamos — para o massacre, para o estupro, para o saque ou até mesmo para a embriaguez perpétua, eles estavam perversamente engajados em se tornar mais limpos, mais ordeiros, mais econômicos, mais bem educados e até mesmo mais virtuosos. Creiam-me, gentis-demônios, a ameaça de algo parecido com um estado verdadeiramente saudável da sociedade parecia então eminente.

Graças ao Nosso Pai nas Profundezas, essa ameaça foi afastada. Contra-atacamos em dois níveis. No mais profundo, nossos negociadores conseguiram chamar à plena vida um elemento que havia estado implícito no movimento desde os seus primeiros dias. Oculto no coração dessa luta pela liberdade havia um ódio profundo pela liberdade pessoal. Aquele homem valoroso chamado Rousseau foi o primeiro a revelar isso. Em sua democracia perfeita, como vocês devem se lembrar, somente a religião do Estado é permitida, a escravidão é restaurada, e diz-se ao indivíduo que o que ele verdadeiramente desejou (embora não soubesse disso) era o que o governo lhe dizia para fazer. A partir desse ponto, *via* Hegel (outro propagandista indispensável que está do nosso lado), nós forjamos, facilmente, tanto o estado Nazista como o Comunista. Tivemos um sucesso considerável até mesmo na Inglaterra. Outro dia, ouvi dizer que nesse país, sem uma autorização, uma pessoa não poderia derrubar a sua própria árvore com seu próprio machado, transformá-la em tábuas com a sua própria serra para construir um depósito no seu próprio quintal.

Esse foi o nosso contra-ataque em um dos níveis. Vocês, que não passam de iniciantes, não serão incumbidos de um trabalho que exija esse nível de confiança. Vocês serão tentadores de pessoas particulares. Contra estes, ou por meio destes, nossos contra-ataques assumem uma outra forma.

Democracia é a palavra que vocês devem usar para mantê-lo no cabresto. O ótimo trabalho de corrupção da língua humana que nossos especialistas em Filologia já fizeram torna desnecessário alertá-los para o fato de que eles nunca poderão dar a essa palavra um sentido claro e definível. Aliás, eles não o teriam de qualquer maneira. Jamais lhes ocorrerá que a *democracia* é propriamente o nome de um sistema político de votação e que isso tem apenas uma conotação muito tênue e remota com o que vocês estão tentando lhes vender. Nem, é claro, jamais deverão receber a permissão para levantar a questão de Aristóteles: Se o "comportamento democrático" significa o comportamento preferido pelas democracias ou o comportamento que vai preservar a democracia. Pois, se eles o fizerem, dificilmente lhes deixará de ocorrer que essas coisas não têm que ser iguais.

Vocês devem usar a palavra como se fosse puramente mágica; caso prefiram, usem-na apenas pelo seu poder mercadológico. Trata-se de um nome que eles veneram. E é claro que está associado ao ideal político de que os homens devam ser tratados com igualdade. E vocês, então, deveriam fazer uma transição furtiva na mente deles, desse ideal político para uma crença objetiva de que todos os homens *são realmente* iguais. Especialmente aqueles homens que vocês estiverem manipulando. Consequentemente, vocês podem usar a palavra *Democracia* para sancionar o mais degradante (e também o menos apreciável) de todos os sentimentos humanos. Podem fazê-lo assumir um tipo de conduta não apenas descarada, mas até com certo brilho positivo de autoaceitação, que, se não for defendida pela palavra mágica, será ridicularizada por todos.

O sentimento a que me refiro, obviamente, é aquele que predispõe uma pessoa a dizer "*eu sou tão bom quanto você*".

A primeira e mais óbvia vantagem disso é que, dessa forma, vocês o induzem a fazer de uma bela e deslavada mentira o centro de sua vida. Não quero dizer com isso apenas que o que afirmam seja pura e simplesmente falso, que eles não se equiparam em termos de bondade, honestidade e bom senso aos outros mais do que nas suas medidas de peso e altura ou na largura de sua cintura. Quero dizer que nem mesmo eles acreditam nisso. Nenhuma pessoa que diga "*Eu sou tão bom quanto você*" acredita nisso, e ele não o diria se acreditasse. O cão São Bernardo jamais dirá isso para um cachorro de brinquedo, nem o estudioso para o ignorante, nem a pessoa que tem um emprego para um mendicante, nem a mulher bonita para aquela de aparência mediana. A reivindicação de igualdade, fora do campo estritamente político, é feita apenas por aqueles que se sentem, de uma forma ou de outra, inferiores. O que ela expressa são precisamente a coceira, a esperteza, a consciência distorcida de uma inferioridade que o paciente se recusa a aceitar.

E, por isso, ele se sente ofendido. Sim, e, portanto, se ressente de qualquer tipo de superioridade nos outros; passa a caluniá-la e a desejar o seu aniquilamento. Na verdade, suspeita que a mera diferença seja uma reivindicação de superioridade. Ninguém deve ser diferente dele na voz, nas roupas, nas maneiras, nas recreações, nas preferências de comida. "Lá vai alguém que fala inglês de modo mais claro e agradável aos ouvidos do que eu — deve ser uma afetação vil, arrogante, cheia de pompa. Aqui está um camarada que diz que não gosta de cachorros — sem dúvida pensa que é bom demais para eles. Lá vai outro que não pôs uma moeda no *jukebox* — deve ser um daqueles eruditos que faz tudo para ser notado. Se eles fossem o tipo certo de sujeito, seriam iguaizinhos a mim. Não têm o direito de ser diferentes. É antidemocrático".

Agora, esse fenômeno útil não é nenhuma novidade. Tornou-se público e notório pelo nome de inveja, coisa que já era conhecida dos seres humanos há milhares de anos. Mas, até aqui, eles sempre a consideraram o vício mais odioso e também o mais cômico de todos. Os que estavam conscientes de sentir inveja tinham vergonha disso; aqueles que tinham a consciência dela não a perdoavam nos outros. A novidade prazerosa da situação presente é que vocês podem sancioná-la — torná-la respeitável ou até louvável — pelo uso encantatório da palavra mágica *democrático*.

Sob a influência desse encantamento, aqueles que são, de um modo ou de outro, inferiores podem se dedicar de forma mais intensa e com mais sucesso do que nunca a puxar para baixo todo o restante do mundo, trazendo-os ao seu próprio nível. Mas isso não é tudo. Sob a mesma influência, aqueles que chegaram ou puderam chegar mais perto da humanidade no sentido mais genuíno, na verdade se afastaram dela, precisamente por medo de serem *antidemocráticos*. Fui informado, a partir de fontes seguras, de que os jovens de hoje muitas vezes suprimem um gosto incipiente por música clássica ou boa literatura porque isso os impediria de serem iguais a todo o mundo, e que as pessoas que realmente desejassem ser, e recebem a graça que os capacita para ser honestas, castas ou temperantes, a recusam, pois aceitá-la poderia torná-las diferentes, ofender novamente a "normalidade das coisas", tirá-las do círculo da "irmandade", prejudicar sua integração com o grupo. Elas poderiam tornar-se indivíduos (que horror!).

Tudo está resumido na prece que supostamente uma jovem pronunciou recentemente: "Oh Deus, faça de mim uma garota normal do século vinte!" Graças aos nossos esforços, isso vai significar cada vez mais: "Faça de mim uma devassa, uma débil mental, uma parasita".

Nesse meio-tempo, como um efeito colateral bem-vindo, os poucos (cada vez menos) que não se encaixam na normalidade, tornando-se "como todo o mundo" de forma regular, homogênea e integrada, tendem cada vez mais a se tornarem os verdadeiros pedantes, excêntricos que todo o mundo de qualquer forma já achava que eles eram. Pois a suspeita muitas vezes gera a coisa suspeitada. ("Já que, independente do que eu faça, os vizinhos vão me achar uma bruxa ou um agente comunista, aquilo de que me rotularem, irei acabar me tornando".) Em consequência disso, temos agora uma *intelligentsia* que, embora seja muito pequena, é muito útil à causa do Inferno.

Mas isso não passa de um efeito colateral. Gostaria de fixar a sua atenção no movimento vasto, completo, rumo ao descrédito, e, finalmente, à eliminação de todo o tipo de excelência humana — moral, cultural, social ou intelectual.

E não é lindo ver como a *Democracia* (no sentido mágico) está agora fazendo para nós todo o trabalho outrora feito pelas ditaduras mais antigas e pelos mesmos métodos? Vocês se lembram da história de como um dos ditadores gregos (eles os chamavam de "tiranos" na época) enviou um mensageiro a outro ditador para solicitar o seu conselho sobre os princípios do governo. O segundo ditador conduziu o mensageiro a um milharal e lá cortou com sua foice todas as hastes que estivessem um centímetro acima do nível das outras. A moral da história é simples: Não admita que ninguém entre os seus súditos se destaque, não deixe sobreviver ninguém que seja mais sábio, melhor, mais famoso ou até mesmo mais bonito que a massa. Passe a régua em todos para ficarem no mesmo nível; todos escravos, todos números, todos zé-ninguém. Todos iguais. Assim, os tiranos podem, em certo sentido, praticar a "democracia". Mas agora a "democracia" é capaz de fazer o mesmo trabalho sem qualquer outra tirania que não seja a sua própria. Ninguém agora necessita passar pelo campo com uma foice. As hastes menores vão agora passar a cortar fora as pontas das mais altas. As grandes começarão a cortar as suas próprias pontas pelo desejo de serem como todo o mundo.

Já disse que garantir a danação dessas almazinhas, dessas criaturas que quase deixaram de ser indivíduos, é uma tarefa árdua e ardilosa. Mas, se vocês fizerem o esforço necessário e empregarem suas habilidades, poderão prever, com certo grau de certeza, o resultado. Os grandes pecadores *parecem* uma presa mais fácil de capturar. Mas acontece que eles são imprevisíveis. Mesmo depois de vocês os terem manipulado por setenta anos, o Inimigo poderá muito bem arrancá-los das suas garras no ano seguinte. Vejam bem, eles são capazes de um arrependimento verdadeiro. Eles têm uma consciência da culpa verdadeira. Se as coisas tomarem o rumo errado, estarão tão prontos a desafiar as pressões sociais em nome do Inimigo quanto estavam para desafiá-las em nosso nome. De certa forma, é mais trabalhoso rastrear e golpear uma mosca que foge rapidamente do que atirar a pouca distância num elefante selvagem. Mas o elefante dará mais trabalho se vocês não forem bons de mira.

A minha experiência, como já disse, deu-se no setor inglês, e ainda recebo mais notícias a respeito dele do que dos outros setores. Assim, o que eu vou dizer agora poderá não se aplicar totalmente aos setores onde alguns de vocês vão atuar. Mas vocês poderão fazer as adaptações necessárias quando chegarem lá. Apesar disso, quase que com certeza, o que direi terá alguma aplicação. Se ela for muito pequena, vocês deverão trabalhar para fazer com que o país de que estiverem encarregados se torne mais parecido com aquilo em que a Inglaterra já se tornou.

Naquela terra promissora, o espírito do *eu sou tão bom quanto você* já passou a ser mais do que uma influência puramente social e começa a se infiltrar no sistema educacional. Não sei dizer com certeza até onde ele chegou no presente momento, e isso não importa. Uma vez que tenham entendido qual é a tendência, poderão facilmente prever seus desdobramentos futuros; especialmente se nós mesmos desempenharmos um papel nesses desdobramentos. O princípio básico da nova educação é que os alunos ignorantes e vagabundos não devem sentir-se inferiores aos alunos inteligentes e esforçados. Isso seria "antidemocrático". Essas diferenças entre os alunos — porque se trata, muito obviamente, de diferenças flagrantemente *individuais* — precisam ser disfarçadas. Isso pode ser feito em vários níveis. Nas universidades, as provas devem ser elaboradas de tal forma que quase todos os alunos obtenham boas notas. Os vestibulares devem ser feitos para que todos ou quase todos os cidadãos possam entrar nas universidades, quer tenham a capacidade (ou o desejo) de se beneficiarem com uma educação superior, quer não. Nas escolas, as crianças que forem muito estúpidas ou preguiçosas demais para aprender línguas, matemática e ciências podem ser levadas a fazer aquilo que as crianças costumavam fazer em seu tempo livre. É possível deixá-las, por exemplo, fazer bonequinhos de lama e dar a isso o nome de modelagem. Mas, em todo esse tempo, em nenhum momento deve-se mencionar o fato de elas serem inferiores às crianças que estão empenhadas. Não importa qual seja a bobagem em que estiverem envolvidas, a nova educação deve contemplar — penso que os ingleses já estejam usando essa expressão — a "igualdade de valor". E é possível conceber um esquema ainda mais drástico. As crianças que estiverem aptas a passarem para uma classe mais adiantada podem ser mantidas na classe anterior usando métodos artificiais, com a justificativa de que as outras poderiam contrair algum tipo de *trauma* — por Belzebu, que palavra mais útil! — por serem deixadas para trás. Assim, o aluno mais inteligente permanecerá democraticamente acorrentado a seus colegas da mesma idade por toda a sua carreira escolar, e um menino capaz de compreender Ésquilo ou Dante será obrigado a ficar sentado, ouvindo seus contemporâneos tentando soletrar "Vovô viu a uva".

Em uma palavra, não seria absurdo esperar pela extinção virtual da educação quando o espírito do *Eu sou tão bom quanto você* tiver terminado de abrir seu caminho. Todos os incentivos para aprender e todas as penalidades por não se querer aprender vão desaparecer. Os poucos que possam querer aprender serão pervertidos; afinal, quem são eles para querer se destacar de seus colegas? De qualquer forma, os professores — ou devo dizer as babás? — estarão muito ocupados dando assistência aos ignorantes e tapinhas nas suas costas para gastar o seu tempo com o ensino de verdade. Não temos mais que planejar e trabalhar duro para espalhar prepotência imperturbável e ignorância incurável entre os homens. Os pequenos vermes mesmos farão isso por nós.

É claro que isso só aconteceria se toda a educação se tornasse estatal. E é isso mesmo que vai acontecer, pois faz parte do mesmo movimento. Os impostos, designados para esse propósito, estão liquidando a classe média, a classe que estava preparada para salvar, gastar e fazer sacrifícios a fim de dar educação para seus filhos em escolas particulares. A extinção dessa classe, além de se associar à extinção da educação felizmente, é um efeito inequívoco do espírito que diz "*eu sou tão bom quanto você*". Foi esse, afinal de contas, o grupo social que deu aos humanos a maioria absoluta dos seus cientistas, médicos, filósofos, teólogos, poetas, artistas, compositores, arquitetos, juristas e administradores. Se algum dia houve um feixe de trigo que necessitava que suas pontas fossem cortadas, com certeza era esse. Como um político inglês observou não muito tempo atrás: "Uma democracia não deseja grandes homens".

Seria despropositado perguntar a essa criatura se por *desejar* ela quer dizer "necessitar" ou "gostar de". Mas é melhor deixar as coisas claras, pois aqui a questão de Aristóteles surge de novo.

Nós, no Inferno, daríamos as boas-vindas ao desaparecimento da Democracia no senso estrito da palavra, o tal sistema político. Como todas as outras formas de governo, a democracia trabalha muitas vezes a nosso favor; mas, de uma maneira geral, ela está menos do nosso lado do que as outras formas. E o que temos de nos dar conta é que a "democracia" no sentido diabólico (*eu sou tão bom quanto você*, ser como todo o mundo, pertença ao grupo) é o instrumento mais refinado que podemos ter para extirpar as democracias políticas da face da terra.

Pois a "democracia" ou o "espírito democrático" (no sentido diabólico) produz uma nação desprovida de grandes homens, uma nação composta essencialmente de analfabetos, seres moralmente frouxos pela falta de disciplina na juventude, cheios de autoconfiança que as bajulações criaram em cima da ignorância, e molengas em virtude de toda uma vida de mimos. E é nisso que o Inferno deseja que todas as pessoas democráticas se tornem. Pois quando uma nação assim entra em conflito com uma nação em que os filhos foram postos para estudar, onde o talento é colocado em um alto patamar, e onde a massa ignorante não é autorizada a ter nenhuma voz em assuntos públicos, apenas um resultado é possível.

Recentemente, uma democracia surpreendeu-se ao descobrir que a Rússia a havia superado no avanço científico. Que exemplar delicioso de cegueira humana! Se toda aquela sociedade tem a tendência de se opor a qualquer tipo de excelência, como é que esperava que seus cientistas fossem excelentes?

Nossa função é encorajar o comportamento, as maneiras, toda a disposição mental que as democracias naturalmente preferem e apreciam, porque são precisamente as coisas que, se descontroladas, irão destruir a democracia. Vocês podem até mesmo perguntar-se por que os próprios humanos não enxergam isso. Mesmo que não tenham lido Aristóteles (isso seria antidemocrático), era de se esperar que a Revolução Francesa lhes tivesse ensinado que o comportamento que os aristocratas apreciam naturalmente não é o comportamento que preserva a aristocracia. Então, eles poderiam ter aplicado o mesmo princípio a todas as formas de governo.

Mas eu não gostaria de terminar nesse tom. Eu jamais gostaria — o Inferno nos livre! — de encorajar em suas mentes a ilusão — que vocês têm de incutir nas mentes de suas vítimas humanas — de que o destino das nações seja, *em si mesmo*, mais importante do que aquele de almas individuais. A derrota de povos livres e a multiplicação de estados escravos são para nós um meio (além, é claro, de ser divertido), mas o fim real é a destruição de indivíduos, pois somente os indivíduos podem ser salvos ou condenados, tornar-se filhos do Inimigo ou nosso alimento. O valor supremo, para nós, de qualquer revolução, guerra ou fome está na angústia individual, na traição, no ódio, na raiva e no desespero que elas são capazes de produzir. *Eu sou tão bom quanto você* é um meio útil para a destruição de sociedades democráticas. Mas essa ideia tem um valor muito mais profundo como um fim em si mesma, como um estado mental, que, ao excluir a humildade, a caridade, a satisfação e todos os prazeres da gratidão ou da admiração desvia um ser humano de quase toda estrada que poderia, por fim, conduzi-lo aos Céus.

Mas vamos agora à parte mais prazerosa de minha tarefa. É minha incumbência propor um brinde em nome dos convidados, à saúde do Diretor Remeleca e da Academia de Treinamento de Tentadores. Encham suas taças. O que é isto que estou vendo? E esse delicioso buquê que exala do copo? Será possível? Senhor Diretor, retiro todas as minhas palavras ásperas com relação ao jantar. Pelo que posso perceber, e pelo odor que sinto, mesmo sob as precárias condições de guerra, a adega da Academia ainda possui algumas garrafas do clássico vinho *Fariseu.* Ora, ora, ora. É como nos velhos tempos... Segurem a taça debaixo de suas narinas por um momento, gentis-demônios. Segurem-na contra a luz. Olhem só para essas pequenas listras de fogo que se retorcem e emaranham, como se estivessem lutando entre si. E estão mesmo. Vocês sabem como esse vinho é destilado? Diferentes tipos de fariseus foram colhidos, pisoteados e fermentados num só recipiente para produzir um sabor delicado. Trata-se de tipos que foram bastante antagônicos uns para com os outros na Terra. Para alguns, seu único interesse eram regras, relíquias e rosários; outros só se interessavam por roupas sinistras, expressões tristes e fúteis e tradicionais abstinências ao vinho, ao carteado ou ao cinema. Ambos tinham em comum a presunção e a distância quase infinita entre a sua atitude verdadeira e qualquer coisa que o Inimigo realmente é ou ordena. A perversidade de outras religiões era a única doutrina realmente viva na religião de cada um deles; a difamação era o seu evangelho e difamar os outros, a sua litania. Como eles se odiavam uns aos outros lá em cima onde o sol brilha! Quanto mais ainda se odeiam agora que eles estão para sempre associados, mas nunca reconciliados. Seu assombro, seu ressentimento, combinados à exasperação de sua maldade eternamente impenitente, passando para a nossa digestão espiritual, funcionará como fogo. Fogo negro. Tendo dito isso, meus amigos, será péssimo para nós se o que a maioria dos humanos entenderem por "religião" se esvanecer da Terra, pois ela ainda pode nos enviar pecados realmente deliciosos. A fina flor do profano só pode crescer na vizinhança íntima do sagrado. Em nenhum lugar a nossa tentação é tão bem-sucedida quanto precisamente aos pés do altar.

Vossa Iminência, vossas Malevolências,
queridos Espinhentos, Sombrios e
demais Gentis-demônios: ergamos
nossas taças e brindemos ao Diretor
Remeleca e à Academia!

Cartas de um *diabo* a seu aprendiz

Outros livros de C. S. Lewis pela
THOMAS NELSON BRASIL

A abolição do homem
O assunto do Céu
A última noite do mundo
Cartas a Malcolm
Cristianismo puro e simples
Deus no banco dos réus
O peso da glória
Os quatro amores
Reflexões cristãs
Sobre histórias
Um experimento em crítica literária

Trilogia Cósmica
Além do planeta silencioso
Perelandra
Aquela fortaleza medonha

Este livro foi impresso em 2025, pela Santa
Marta, para a Thomas Nelson Brasil. A fonte
usada no miolo é Adobe Caslon Pro corpo 12.
O papel do miolo é pólen bold 70 g/m^2.